월요일의 말차 카페

月曜日の抹茶カフェ
GETSUYOBI NO MACCHA CAFE
by
MICHIKO AOYAMA

Copyright © 2021 by MICHIKO AOYAMA
Original Japanese edition published by Takarajimasha,Inc.
Korean translation rights arranged with Takarajimasha,Inc.
Through BC Agency., Korea.
Korean translation rights © 2022 by MoonyeChunchusa

월요일의 말차 카페

초판 1쇄 발행   2022년 11월 15일
초판 2쇄 발행   2023년 3월 15일

지 은 이   아오야마 미치코
옮 긴 이   권남희
펴 낸 이   한승수
펴 낸 곳   문예춘추사

편   집   이상실
마 케 팅   박건원, 김지윤
디 자 인   박소윤

등록번호   제300-1994-16
등록일자   1994년 1월 24일
주   소   서울특별시 마포구 동교로 27길 53, 309호
전   화   02 338 0084
팩   스   02 338 0087
메   일   moonchusa@naver.com

I S B N   978-89-7604-555-3 03830

월요일의 말차 카페

아오야마 미치코 지음
권남희 옮김

문예춘추사

차 례

월요일의
말차
카페

1월/Tokyo

부디 좋은 일이 생기게 해주세요, 하고 손을 모은 나의 기도는 대체 어디를 향한 것일까.

일단 이곳은 신사이니 지금은 신을 향해서겠지. 아마도.

하지만 신은 어디에 있는 거지. 새전함 저편? 하늘 위?

아니면······.

1월도 중순이 됐지만, 해가 바뀌고 처음으로 하는 참배이니 실질적인 '하쓰모데(새해 첫 참배-옮긴이)'다.

나는 쇼핑몰에 있는 휴대전화 가게에서 일하고 있다. 연말연시에 쇼핑몰은 쉬지 않고 영업해서 우리에게 설 연휴는 없었다. 교대로 단시간씩 출근하는 배려는 해주었지만, 나 같은 독신자는 가정이 있는 사람에게 휴일을 길게 양보

하고 근무 시간을 빼곡하게 넣었다.

설음식 준비를 도울 여유도 없어서 "스물여섯 살이 돼도 미호는……." 하고 엄마에게 잔소리를 들었지만, 한창 일할 나이니까 이해하시겠지. 어릴 때부터 새로운 것을 좋아했던 나는 휴대전화 관련한 내 일이 싫지 않다.

다만 1월에는 근무 시간표 구성이 완전히 바뀌었는데 그걸 제대로 보지 않아서 휴일에 출근한 것이다. 맥이 탁 풀렸다.

아아아, 모처럼 늦잠 잘 수 있는 날이었는데. 어제도 밤 샘하고 왔는데.

그대로 집에 돌아갈 마음은 들지 않아서 쇼핑몰을 한 바퀴 돌았다. 하지만 무엇을 해도 제대로 풀리지 않는 날이 있다. 전에 점찍어둔 오리털 재킷을 사려고 옷 가게에 갔더니 품절. 마음을 가다듬고 패스트푸드점에 들어갔는데, 감자튀김에 케첩을 찍다가 니트 소매에 묻어버렸다. 화장실 세면대에서 케첩을 씻어내고 닦으려고 보니 손수건을 갖고 오지 않았다.

오늘은 정말로 재수가 없다. 원래 운이 좋은 편은 아니지만 더 불길한 날. 혹시 하쓰모데를 하지 않은 탓일지도 모른다. 쇼핑몰에서 신사까지 좀 걷긴 하나 액땜도 할 겸 다녀오자.

그렇게 생각하고 참배하러 갔다가 문득 마블 카페를 떠올렸다.

신사 근처의 강변을 곧장 걸어가면 벚꽃 가로수가 끊어질 즈음에 오도카니 있는 작은 가게다. 분위기도 편안하고, 상냥한 청년이 점장으로 있다. 인테리어나 컵 감각도 세련됐다. 물론 커피도 홍차도 맛있다. 어쩌다 일찍 마칠 때나 가지만, 내게는 나만 알고 싶은 카페다. 그래, 이렇게 재수 없는 날은 좋아하는 가게에 가서 시간 보내며 기분을 바꿔 보자.

꽃도 잎도 없는 벌거숭이 가지가 뻗은 벚나무 길을 걸었다.

코밑까지 두른 빨간 체크무늬 머플러에 입김이 서렸다. 코트 주머니 속에 찔러 넣은 손이 시렸다.

나무들 사이로 마블 카페의 차양이 보인다. 빨리 가게에 들어가서 몸을 따뜻하게 하고 싶다……고, 생각했을 때 퍼뜩 걸음을 멈추었다.

오늘은 월요일. 그러고 보니 마블 카페의 휴일이다.

역시 재수가 없다. 조금 일찍 깨닫기만 했어도 여기까지 걸어오지는 않았을 텐데. 다 와서야 생각나다니.

휴 하고 크게 한숨을 쉬고 되돌아가려고 할 때 카페 문이 열렸다.

나는 시선을 모았다. 머리가 짧은 여성이 나와서 이리로 걸어왔다. 나보다 조금 연상으로 보인다. 애쉬브라운으로 물들인 머리는 윤기가 났다.

"저기."

스쳐 지나가면서 나는 큰마음 먹고 말을 걸었다. 여성이 가늘고 긴 눈을 내게로 향했다.

"마블 카페 오늘 쉬는 날 아니에요?"

내 물음에 여성은 '아아' 하고 살짝 웃었다.

"쉬는 날인데 하고 있어요. 가보세요."

듣기 편안한 허스키 보이스. 와, 멋지다고 생각하는 사이에 그녀는 저벅저벅 가버렸다.

그녀의 말대로 나는 가게 앞까지 걸어가서 창으로 살그머니 안을 들여다보았다. 카운터에도 객석에도 드문드문 사람 그림자가 보인다.

손잡이에 손을 대려다 문에 시선이 멈추었다. 마블 카페라고 쓰인 플레이트의 '블' 부분에 흰색 마스킹테이프가 붙어 있고 검은 매직으로 '차'라고 써놓은 것이었다. 말차 카페.

말차(抹車) 카페? 무슨 말장난이지, 이건.

새 단장이라고 하기에는 너무 조잡한 플레이트를 보며 고개를 갸웃거리고 있는데 문이 열렸다. 몸집이 작은 아저씨가 빼꼼 얼굴을 내밀었다.

"들어오세요."

이마의 큰 점을 보고 마블 카페에서 한 번 본 적이 있음을 떠올렸다. 그 상냥한 점장이 아마 '마스터'라고 불렀지. 하지만 카운터에서 스포츠 신문만 읽고 있을 뿐 일한다는 느낌은 없었다. 별명인지도 모른다.

점박이 아저씨…… 마스터가 말했다.

"오늘만 말차 카페입니다. 말차를 싫어하지 않으시면 들어오세요."

말차는 아주 좋아한다. 말차 라테, 말차 푸딩, 말차 아이스크림. 나는 구원받은 기분으로 가게에 들어갔다.

가게에는 안쪽 테이블에 커플이 한 팀. 카운터 안에 감색 기모노 차림의 남성이 한 명. 나는 카운터 바로 앞 테이블에 앉아서 코트를 벗었다.

간신히 마음이 편안해졌다. 몸도 혀도 눈도 달콤하고 따뜻한 밀키그린의 말차 라테를 찾고 있다.

"어서 오세요."

기모노 차림의 남성이 물컵을 테이블에 놓고, 메뉴판을 내밀었다. 두꺼운 종이에 붙인 화지에는 붓으로 이렇게 쓰여 있었다.

당황했다.

말차 라테, 말차 푸딩, 그런 게 아니었다.

진한 말차 1,200엔
연한 말차 700엔
둘 다 화과자 곁들임.

"……어, 이것뿐이에요?"

"네."

주문받으러 왔으면서 엉뚱한 데를 보고 있는 무표정한 얼굴. 턱이 좁고 콧날이 오뚝하다. 나보다 다섯 살쯤 연상이려나. 기모노가 너무나 잘 어울려서 좀 젠체하는 도련님 같은 분위기가 난다.

도련님은 엉뚱한 데를 보면서 내 대답을 기다리고 있다. 나는 메뉴판으로 시선을 떨어뜨렸다. 푸딩은 없지만, 화과 자도 나쁘지 않다. 진한 말차와 연한 말차의 차이는 잘 모 르겠지만, 비싼 쪽이 맛있을 테지. 하쓰모데를 하고 온 참 이기도 하고 설날답게 새해의 행운을 기원하는 뜻으로 여 기서는 힘 좀 쓰자. 내게 보내는 응원이다.

"그럼 진한 말차로."

그렇게 말하면서 얼굴을 들다가 눈이 딱 마주쳤다. 그러 자 도련님은 엄청나게 빠르게 얼굴을 돌렸다. 그리고 낮은 목소리로 "진한 녹차요." 하고 중얼거리고, 바로 카운터로 향했다.

그렇게 싫어할 것까지야. 대놓고 노골적인 태도에 상처 입어서 마음이 우울해졌다. 오는 게 아니었어. 나는 가게를 둘러보았다.

마스터는 카운터에서 스포츠 신문을 펼쳐놓고 있었다. 그때와 똑같다.

커플은 작은 목소리로 온화하게 얘기를 나누고 있다. 멀리서 봤을 때는 젊어 보였는데 자세히 보니 30대 후반 정도로 서로의 왼손 약지에는 심플한 반지. 부부인가.

좋겠다. 서로 신뢰하며 안정된 관계. 나도 언젠가 누군가를 만나서 사랑에 빠져 저런 식으로……

행복 그 자체인 부부를 멍하니 보고 있는 내게 마스터가 몸을 내밀며 말했다.

"머플러, 떨어졌어요."

아, 하고 아래를 보니 무릎에 올려둔 머플러가 바닥에 널브러져 있다. 줍고 있는데 마스터는 계속해서 이렇게 말했다.

"자주 오세요?"

오세요? 라고 하는 걸 보니 역시 이곳 주인 같다.

"가끔요. 오늘은 휴일인 걸 모르고 와서. 이런 것도 하시는군요. 1일 말차 카페."

"예. 정기휴일이나 폐점 후에 가끔 이벤트로 하죠."

몰랐다. 마블 카페는 이렇게 멋진 곳인데 광고도 하지 않고 SNS도 하지 않는다.

"홈페이지나 트위터로 홍보하지 않으세요? 이벤트를 한다면 손님들에게 알려야 많이 올 텐데요."

마스터는 입술 한쪽 끝을 찍 올리며 흥, 하고 콧방귀를 꼈다.

"발길 닿는 대로 왔다거나, 우연히 왔는데 이벤트네 하는 편이 재미있잖아요. 지금 당신처럼."

"인연이란 말씀이시군요."

내가 말하자 마스터는 "아, 그렇죠." 하고 검지를 세웠다.

"사람도 물건도 한 번이라도 만났다면 인연이 있는 겁니다. 인연이란 씨앗 같은 거죠. 작고 보잘 것 없어 보여도 키우다보면 선명한 꽃이 피거나 맛있는 열매가 열리죠. 씨를 뿌릴 때는 상상도 하지 못한."

나는 사지 못한 재킷을 떠올리고 반박했다.

"하지만 기껏 만나도 그 한 번뿐으로 더 자라지 않고 끝나는 일도 있잖아요?"

"그건 인연이 없어서가 아니라 딱 한 번 만날 인연이었던 겁니다. 해바라기 씨를 먹는 것처럼요. 해바라기 씨는 내게 영양분이 되고, 먹었다는 경험이 어떤 형태로든 다음으로 이어질지도 모르잖아요."

해바라기 씨. 먹어본 적이 없네 생각하면서 고개를 갸웃거리고 있으니 마스터는 허허 웃음을 흘렸다.

"뭐, 오늘 이건 장사가 아니라 놀이삼아 하는 거고요. 그래서 손님이 얼마나 올지는 상관없어요. 월요일의 말차 카페에 오신 걸 환영합니다!"

정말로 놀이삼아 하는 거였나.

음, 하고 속엣말을 담고 있는데 도련님이 검은색 쟁반을 들고 왔다.

"많이 기다리셨습니다, 진한 말차입니다. 화과자는 한모란입니다."

사투리 억양이다. 간사이 출신이구나 생각했다.

한모란은 예쁜 분홍색 화과자다. 프릴 같은 주름 한복판에 노란 꽃술이 보인다.

"좋네. 혹독한 추위를 견디면서 힘껏 봉오리를 터트리려고 하는 것이 정말 보기 좋아."

마스터는 그렇게 말하고 카운터 쪽으로 몸을 돌려 신문을 넘겼다.

부부가 자리에서 일어나자 도련님이 계산대로 향했다. 부인이 계산대 옆에 진열된 차 팩을 물끄러미 보다 한 봉지 사갔다. 두 사람이 나간 뒤 세 사람만 남은 가게에서 나는 잠시 가련한 꽃 모양 화과자를 감상했다.

그리고 옆에 있는 녹차. 이름 그대로 아주 진한 녹색. 찻잔을 양손으로 들어올리고 보니 걸쭉한 질감이 페인트 같다. 이런 건 처음 보았다.

얼마나 맛있을까 하고 한 모금 마신 순간, 나는 엉겁결에 찻잔을 입술에서 뗐다.

푸헵, 하고 참지 못하고 이상한 소리를 냈다. 그리 큰 소리는 아니었지만, 달리 손님이 없는 가게여서 묘하게 울렸다.

강렬하다. 쓰거나 떫은 게 아니다. 어떤 말로 표현해야 좋을지 알 수 없는, 아린 맛이 강한 미지의 맛이다. 마스터가 "과자, 먼저 먹어요." 하고 웃어서 나는 황급히 한모란을 반으로 잘라서 입에 넣었다. 더 우아하게 먹고 싶었지만 어쩔 수 없다.

한모란으로 입 안을 달콤하게 한 뒤에 다시 도전했다. 아까보다는 좀 나아서 이 깊이를 이해할 수 있지 않을까, 했으나 역시 어렵다. 이게 무슨 고행인가 싶었지만, 1,200엔이나 하는 것을 남기기도 아깝다.

물을 벌컥벌컥 마시고 있는데 카운터에서 착신음이 울렸다. 도련님이 얼른 스마트폰을 들었다.

"어? 응?"

도련님이 당황한 모습으로 화면에 손가락을 댔다가 뗐다가 하고 있다. 나는 엉겁결에 말했다.

"위로 스와이프하면 돼요."

"스와이프?"

도련님이 매달리는 듯한 시선을 내게 보냈다.

"화면에 손가락을 댄 채 위로 쭉 올려요."

착신음이 끊기기 전에 전화를 받은 도련님은 안도한 모습으로 상대와 통화를 했다. 예, 예. 아뇨, 내가 걸지 않았어요.

스마트폰 초보자에게 흔히 있는 광경이다. 걸려온 전화를 받지 못하는 것, 자기도 모르는 사이에 버튼이 눌려서 누군가에게 전화가 걸리는 것.

나는 한 조각 남은 한모란을 입에 넣은 채 짙은 말차를 억지로 마셨다.

기껏 나를 위해 비싼 쪽을 골랐는데. 정말로 오늘은 끝까지 운이 없는 건가.

전화를 끊은 도련님에게 마스터가 물었다.

"아버지?"

"예. 아무래도 이 녀석이 멋대로 전화를 건 것 같습니다. 그래서."

도련님은 밉상스럽다는 듯이 스마트폰을 가리켰다.

"2주 전에 겨우 폴더폰에서 바꿨는데 사용법이 어찌나 어려운지 진짜 화나요. 맨날 업데이트가 어쩌고저쩌고하는 것도 짜증이 나고, 시키는 대로 하면 멋대로 앱 상태가 바뀌어서 상태가 더 나빠지기도 하고. 기껏 최신 제품 샀더니."

잇몸이 간질거리는 기분이어서 기어이 끼어들고 말았다.

"스마트폰은 애초에 처음부터 끝까지 미완성이에요."

도련님과 마스터가 나란히 내 쪽을 향했다.

"저, 스마트폰 다루는 일을 하고 있어서 매일 느끼거든요. 스마트폰 업계는 항상 움직이고 있어요. 새로운 바이러스가 생기기도 하고 통신 상황이 불안정하기도 하고, 세상의 수요가 달라지기도 하고. 점점 변화해가는 환경에 적응하기 위해 스마트폰도 조금씩 마이너체인지해 나갈 필요가 있거든요."

마스터가 '흐음' 하고 끄덕거렸다. 기세를 더해 얘기를 계속했다.

"유감스럽게도 업데이트해서 오류가 생기는 일이 있긴 하지만, 긴 안목으로 보면 그런 실수를 거듭하며 조금씩 스마트폰 자체가 개량되어가는 거죠. 본체를 바꾸지 않아도 그대로의 모습으로 새로운 것을 시도하기도 하고, 할 수 있는 것이 많아지기도 하는 아주 멋진 녀석이에요. 살아 있는 느낌이 들어요. 요 귀여운 녀석, 하고."

거기까지 말하고 나는 앗 하고 입에 손을 가져갔다.

말을 너무 많이 했다. 스마트폰 얘기만 나오면 이내 이런다. 나쁜 버릇이 또 나왔다.

도련님은 눈을 내리뜨고 조용히 말했다.

"······우스차, 드시겠습니까?"

"우스차?"

"연한 말차 말입니다. 일반적으로 알고 있는 거품이 나는 말차. 마시기 편할 겁니다. 전화 받는 법을 가르쳐주신 감사의 뜻으로 서비스를."

그러자 마스터가 내게 시선을 보내며 가볍게 말했다.

"차 끓이는 것 보여달라고 해봐요."

"그래도 돼요? 보고 싶어요."

내가 몸을 내밀자 도련님은 희미하게 끄덕였다. 마스터가 신문을 접으면서 웃었다.

"좋네. 알아요? '넉살이 좋은 것과 운이 좋은 것은 비례한다'는 것."

"누구의 명언이에요, 그거?"

"나."

마스터는 내뱉듯 말하더니 신문을 들고 계산대 옆에 있

는 잡지꽂이로 향했다. 종잡을 수 없는 사람이다.

조금 있으니 도련님이 쟁반과 포트를 들고 와서 테이블 맞은편에 서 있는 내 앞에 내려놓았다. 쟁반에는 찻잔, 대나무 차선과 차, 숟가락, 그리고 차 거름망.

빈 찻잔은 따뜻하게 데운 것 같다. 차선 끝은 촉촉하게 젖어 있다.

"그럼 시작하겠습니다."

도련님은 먼저 커다란 귀이개같이 생긴 찻숟가락으로 말차 가루를 거름망에 한 숟가락 반 넣었다. 찻숟가락 등 쪽으로 정중하게 응어리를 풀었다. 그리고 찻잔 속에서 바슬바슬해진 말차에 조심스레 뜨거운 물을 붓고 차선을 댔다.

"앞, 뒤, 앞으로 저어갑니다. M자를 그리듯이."

"엠? 알파벳 M이요?"

"예."

내 물음에 도련님은 살짝 어리둥절해했다. 나는 의문을 던졌다.

"알파벳을 몰랐던 시절에는 뭐라고 설명했을까요? 센리큐(1522~1591. 일본의 다도를 발전시킨 차의 명인-옮긴이) 같은 사람은."

도련님이 풉 하고 웃음을 터트렸다.

"뭐였을까요. 그건 생각해본 적이 없네요."

'……어라.'

이 사람, 이렇게 귀여운 표정을 짓네. 더 웃으면 좋을 텐데.

가슴 속에서 아이스크림이 녹는 것처럼 물컹하고 달콤한 느낌이 들었다. 우와, 뭐지, 이 기분.

도련님은 차선을 지그재그로 재빨리 움직인 뒤, 큰 거품을 부수듯이 조심스럽게 표면을 쓰다듬었다. 그리고 한 번 더 깊게 넣었다.

"마지막으로 노(の)자를 그리고 천천히 뺍니다."

한복판에서 곧바로 차선을 들어올리더니 도련님은 뭔가 기쁜 듯이 말했다.

"센 리큐도 '노'는 말했을지도 모르겠습니다."

그는 겨우 제대로 눈을 마주쳐주었다. 이번에는 내 쪽이 똑바로 보지 못하고 동공 지진을 일으켰다.

도련님은 카운터로 가서 화과자를 올린 접시를 갖고 왔다. "눈 토끼입니다." 하고 쟁반에 놓았다. 설산을 뛰어다니는 듯한 귀여운 흰색 떡 과자.

나는 천천히 눈 토끼를 음미한 뒤, 연한 말차를 마셨다. 맛있다. 고급스러운 과자의 단맛에 코를 간질이는 듯한 차 향이 부드럽게 포개졌다. 역시 이 순서라면 서로의 맛이 돋보인다.

간신히 평온을 되찾은 나는 안도의 숨을 내쉬었다.

"이런 서비스를 받는 것만으로 기뻐요. 저, 운이 나빠서 재수없는 일만 있었거든요. 오늘도 근무 시간표 착각해서 출근했다가 허탕치고, 점찍어둔 재킷 품절되고, 옷에 케첩 묻히고, 난리였어요."

그걸 가만히 듣고 있던 도련님은 고개를 약간 갸웃거리며 말했다.

"……그건 재수가 없었다기보다는."

"네?"

"그냥 멍청한 것 아닌가요."

아주 진지한 얼굴이었다. 조금 속을 털어놓았더니 바늘로 푹 찌르네. 역시 나, 미움 받고 있는 건가. 그런데 도련님은 이렇게 말했다.

"운, 전혀 나쁘지 않아요. 당신은 뜨겁게 얘기할 수 있을 만큼 좋아하는 일을 하고 있다니, 그것만으로 행운이지 않습니까. 당신에게 소중히 다뤄지며 사랑받고 있는 스마트폰도 행복할 겁니다."

…………스마트폰이 행복?

그런 식으로 생각해본 적 없다. 내 열의를 스마트폰이 느껴준다니, 기뻐해줄 거라니, 객관적으로 인정받고 보답받은 기분이 들었다.

게다가, 그래, 나는 멍청한 것뿐이다. 그러네, 불운한 게 아니야. 끓어오르는 웃음에 눈물이 추르륵 따라 흐른다. 기뻐서. 너무.

빰을 닦으려고 주섬주섬 가방에 손을 넣었다. 아아, 손수건을 갖고 오지 않았지.

그때, 눈앞에 뭔가가 쓱 나타났다. 단정하게 접힌 감색 수건이다. 엉뚱한 방향을 보고 있는 도련님의 무심한 얼굴. 자세히 보니 귀가 빨갛다.

"……감, 감사합니다."

내가 수건을 받아들자 도련님은 마스터에게 "쓰레기 좀 버리고 오겠습니다." 하고 말하고 밖으로 나갔다.

수건 끝에 '길(吉)'이라고 흰색 실로 수가 놓였다. 뭐지, 행운을 부르는 굿즈인가?

"아, 그거 쓰고 있구나. 내가 선물한 것."

신문 다음으로 주간지를 든 마스터가 말했다.

"거기에 이름 있죠. 깃페이(吉平)의 길. 뭔가 느낌이 좋잖아요? 저 친구 후쿠이도(福居堂)라는 차 도매상의 외동아들입니다. 후쿠이 깃페이(福居吉平)는 운이 강하게 들어올 것 같은 이름이죠."

깃페이 씨, 구나.

손수건 잊고 오길 잘했네.

재킷을 샀더라면 그대로 집에 갔을지도 모른다. 애초에

오늘이 근무하는 날이라고 착각하지 않았더라면 이곳에 오지 않았다. 멍청한 내가 나를 말차 카페에 데려와준 것이다. 나 엄청나게 재수가 좋은 거잖아.

이곳에 오면 또 만날 수 있으려나.

나는 마스터에게 물었다.

"말차 카페, 다음에는 언제 해요?"

"예? 오늘뿐입니다. 후쿠이도는 교토에 있는데요. 깃페이, 아버지 대리로 모임에 참가하느라 도쿄에 처음 와서 내일이면 돌아가요."

⋯⋯⋯⋯뭐야, 그런 거야. 이게 다였어.

봐, 역시 재수가 없잖아.

실망하다가 나는 생각을 고쳤다.

또 만나고 싶다면 그렇게 되도록 행동하면 된다. 여기에 온 나는 분명히 인연의 씨를 받은 것이다. 잘 자랄 수 있도록 노력하면 된다.

턱을 괴는 척하고 턱 언저리에서 가만히 손을 모았다.

깃페이 씨와 또 만날 수 있기를. 좋은 일이 생기기를. 꼭 모은 손과 손 사이. 내 체온에 마음을 쏟았다.

그렇다, 기도는 이 손안을 향해서 하는 것이다.

"하지만 말이죠."

마스터가 주간지 페이지를 넘기면서 말했다.

"도쿄에 지점을 내기로 해서 그 친구가 점장을 하게 됐어요. 올봄에 혼자 이리로 이사 올 겁니다."

모은 두 손 안에 담긴 소원이 활짝 싹을 틔웠다. 나는 그대로 손을 꽉 쥐었다.

앗싸, 나는 최고로 재수가 좋아.

편지 쓸게

2월/Tokyo

사소한 다툼으로 리사를 울렸다.

아니, 그 표현은 좀 잘못됐다. 울렸다기보다 화나게 했다고 하는 편이 옳을지도 모른다. 그리고 '다툼'이라기보다는 리사가 일방적으로 분노했다는 것이 정확하다.

강변 산책길 한복판에서 리사는 핸드백에서 휴대용 티슈를 꺼내더니 쿵 하고 코를 풀었다. 결혼 2년째인 나의 아내.

이럴 때, 남편인 나는 어떻게 해야 하는가. 분위기를 풀려고 웃으면 '뭐가 웃겨' 하고 화내고, 잠자코 있으면 '뭐라도 말을 해봐' 하고 잔소리한다.

미안해, 하고 사과하면 되는 걸까. 대체 뭘 잘못했는지도 모르는 채?

"결국 히로유키 씨는 나한테 관심이 없는 거야."

리사는 빨개진 눈으로 그렇게 내뱉고 입술을 앙다물었다.

---라는 것이 어제 오후의 얘기다.

나는 지금 또 노을 진 강가를 걷고 있다. 일을 일찍감치 마무리하고 조금 서두르는 걸음으로. 오늘은 혼자다.

어제는 기분 좋게 화창한 일요일이었다. 오후에 리사와 이따금 가는 마블 카페에서 커피를 마신 뒤, 강을 보면서 벚꽃 가로수 아래를 산책했다.

마블 카페는 리사가 독신 시절부터 좋아하던 곳이다. 어제는 절분(節分) 이벤트로 복차를 무료 서비스해주었다. 가끔 이벤트도 하는 듯, 지난달에는 1일 한정 '말차 카페'가 열렸다. 그날은 월요일이어서 평소 같으면 나는 회사에 있었을 테지만, 공교롭게 대체휴일이었다. 리사와 쇼핑하고 돌아오는 길에 지나가다 보니 '말차 카페'라는 독특한 팻말이 걸려 있어서 들어가 보았다. 말차와 맛있는 화과자를 즐기고 리사는 매우 만족스러워 했다.

리사가 기뻐하면 나도 기쁘다. 그래서 리사의 제안을 거절하지 않고, 나름대로 함께 보내는 시간을 소중히 했다고 생각한다. 그런데 대체 뭐가 그렇게 불만인 거지.

어제 걸어가면서 밸런타인데이 얘기가 나왔다. 리사는

언제나 손수 초콜릿을 만들어준다. 올해는 브라우니와 트뤼프 둘 중 어느 쪽이 좋은지 물어서 "아무거나 좋아"라고 대답했더니 잠시 침묵이 생겼다. 아, 이건 어느 쪽인가를 선택하지 않으면 곤란한 것이었구나 생각하면서, 그대로 흐르는 강물을 보며 걷는데, 리사는 뭔가 자신을 다독이듯이 경직된 미소를 지으며 이렇게 말했다.

"히로유키 씨, 우리 연애할 때 화이트데이에 편지 줬었지. 사랑한다고 써주어서 정말 기뻤어."

그 말을 듣고 나는 엉겁결에 손을 저었다.

"응? 편지? 준 적 없는데. 게다가 사랑한다는 말을 썼을 리 없어."

사랑한다니, 그런 말은 한 번도 해본 적이 없다, 고 생각한다. 리사뿐만 아니라 지금까지 사귄 사람 누구에게도.

리사는 걸음을 멈추었다.

"줬어. 쿠키랑 같이."

나도 멈추었다.

"쿠키? 그런 적이 있었나."

리사의 얼굴이 점점 일그러졌다.

"……너무해. 뭐든 다 잊어버린다니까."

쥐어짜는 듯한 목소리로 그렇게 중얼거리고, 그녀는 고개를 푸르르 가로저었다. 눈에는 점점 눈물이 차올랐다.

굳은 채 멈춰선 우리 옆으로 조깅하는 아저씨가 지나갔다. 여고생 3인조가 즐겁게 수다를 떨면서 다가오다 흘끗 우리 쪽을 보았다. 까마귀가 한 마리, 벚꽃 가지에 앉아서 깍깍 울었다.

거기서 얘기는 처음으로 돌아갔다. 리사는 휴지를 꺼내 코를 풀더니 그 한마디를 던졌다.

결국 히로유키 씨는 나한테 관심이 없는 거야.

그리고 걷기 시작해서 나도 말없이 걸음을 재촉했다. 두 사람 다 무언인 채 집에 돌아와서 리사는 한동안 방에 틀어박혔다. 컴퓨터나 책장, 쌀, 휴지 재고 등이 있는 잡동사니 방이다.

아무리 싸워도 돌아갈 집이 같으니 이럴 때 좀 불편하다. 집이 따로따로였더라면 좀 시간을 두고 두 사람 다 냉정해질 수 있을 텐데. 닫힌 문 너머에서 리사는 무슨 생각을 하는지 통 알 수 없고, 나는 나대로 거실밖에 있을 데가 없어 널브러져 텔레비전을 보며 시간을 보냈다.

그러고 나서 오늘이다. 나는 마블 카페로 향했다.

계산대 옆에 티백 기프트 팩을 팔고 있어서 지난달 '말차 카페'에 갔을 때 리사는 그곳에서 우지 말차를 샀다. 집에서 그걸 마시면서, 맛있다, 엄청 맛있어, 하고 몇 번이나 말했다. 그러나 크라프트지로 된 세련된 패키지 안에 들어 있는 티백은 단 두 개로, 생각해보면 꽤 값이 나가는 상품이다. 좋은 차이니 당연하겠지. 어제 리사는 또 그 진열대를 잠깐 들여다보았지만, 집어들지 않았다. 자기를 위해 사는 것은 주저됐던 게다.

그 우지 말차 티백을 사다 주자. 나는 그렇게 마음먹었다. 내가 자상한 남편이어서는 아니다.

"뭐든 바로 잊어버린다니까." 하는 그 말에 반발한 것이다.

나는 그렇게 뭐든 바로 잊어버리는 사람이 아냐. 기프트 팩은 얼핏 보기에 다섯 종류 이상 있었다. 홍차, 호지차 등. 지난달, 그중에서 리사가 우지 말차를 고른 것, 맛있다고 한 것, 그리고 또 마시고 싶어 했다는 것……. 거봐, 나는 다 기억하고 있다고. 그런 것을 알아주길 바랐다.

그런데 마블 카페 문에는 'CLOSE' 팻말이 걸려 있었다.

손목시계를 보니 6시 전이다. 마블 가페는 7시까지 영입하기에 아슬아슬하게 도착할 것 같아서 서둘러 왔는데, 오늘따라 일찍 문을 닫은 걸까.

입춘인데 오늘은 뼛속까지 시렸다. 티백을 사는 길에 마블 카페에서 따뜻한 것을 마시려고 했는데. 나는 어깨를 털썩 떨어뜨리고 가게에 등을 돌렸다.

다리 너머에 부옇게 등이 보였다. 가게가 있었다. 다른 카페가 있을지도 모른다. 티백을 사지 못한 탓에 추위도 피로감도 배로 느껴졌다. 어디든 좋으니까 잠시 쉬고 싶다. 기대를 품고 나는 다리를 건넜다.

그러나 가게에 가까이 가다 또 실망했다.

그곳은 음식점이 아니라 란제리 가게였다. 화려한 브래지어와 팬티가 진열되어 있고 커다란 창으로 점원인 듯한 여성이 보였다. 적어도 잡화점이나 옷 가게였다면 추위를 달래기 위해 잠시 들를 수 있을 텐데 여성 속옷밖에 팔지 않는 가게에 들어가는 건 곤란하다.

되돌아가려고 할 때, 창 너머로 점원과 눈이 마주쳤다. 점원은 왠지 당황한 듯이 가게에서 뛰어나왔다.

"미, 미안합니다!"

"네?"

"저, 미안합니다만, 거미가…… 거미가 나와서."

"거미?"

"네, 무서워서요, 너무. 미안합니다만, 밖으로 쫓아내주시지 않겠어요?"

웨이브 머리가 예쁜 사람이었다. 무척 절박한 모습이다. 나도 벌레한테 강한 편은 아니지만, 거절할 수 없었다. 그녀를 그렇게 무섭게 하는 거미는 어떤 놈일까. 타란툴라 같은 뚱뚱한 배의 거미를 상상하고, 내심 쫄면서 가게로 들어갔다.

저기에, 하고 불쑥 내민 검지 끝에는 다리도 몸도 납작하고 가느다란 거미 한 마리가 벽 구석을 기어가고 있었다. 집에 흔히 나오는 유령거미다. 힘없는 몸으로 본인도 난감한 듯이 미적미적 움직이고 있다. 보기에도 약한 다리가 꽤 길어서 거미를 싫어하는 사람들은 징그러울지도 모른다.

"그물 같은 게 없어서. 이걸로 부탁드려도 될까요?"

점원은 떨리는 손을 뻗어 내게 비닐봉지를 쥐어주었다. 나는 봉지 주둥이를 벌려서 조심스럽게 감싸듯이 하여 거미를 안에 넣었다. 죽이는 건 내키지 않아서 가냘픈 거미가 찌부러지지 않도록 아주 조심스럽게 손을 댔다.

봉지를 든 채로 가게 밖에 나가서 나무 밑에 풀어주었다. 거미는 비틀비틀 지면을 걷다가 그대로 가만히 웅크렸다.

"……다, 다행이다……. 감사합니다."

점원이 휴 하고 가슴에 손을 올렸다. 도움이 돼서 나도 기분 좋았다. 아닙니다, 하고 가려고 하는데 불러세웠다.

"저, 답례로 차라도 드시지 않겠어요?"

"예? 아뇨, 그런."

"저희 6시에 폐점이랍니다. 오늘은 이미 끝났으니 시간 괜찮으시면 답례를 하게 해주세요. 따뜻한 차 한 잔 드리겠습니다."

몸이 춥기도 했고 목도 말랐다. 나는 점원의 웃는 얼굴에 빨려들 듯이 가게로 들어갔다.

란제리 가게의 이름은 'P-bird'라고 했다.

"제 이름은 히로코인데요."

점원은 문밖에 폐점 팻말을 걸고 안에서 문을 잠그며 말했다.

"유치원 때 히로코라고 가타카나로 쓰면 '로'를 너무 작게 써서 피코로 보였나 봐요. 그 후로 피코짱이나 피짱으로 불렸대요. 엄마까지 작은 새 같고 귀엽다고 저를 피~라고 불러요. 그래서 피 버드로 했답니다."

점원…… 아니, 히로코 씨는 나와 연령대가 별로 차이가 나지 않는 것 같다. 아마 30대 후반일 것이다.

"이쪽으로 앉으세요."

카운터 안에서 손짓했다. 안은 꽤 넓어서 작은 테이블과 의자 두 개, 그리고 소형 냉장고가 있었다.

"유치원이라니, 그렇게 옛날 일도 기억나세요?"

내가 말하자, 히로코 씨는 어깨를 살짝 으쓱하며 웃었다.

"아뇨, 그저 구전되는 얘기랄까."

히로코 씨는 거기서 일단 대화를 멈추고 냉장고 위에 있는 순간 급탕기에 생수를 붓고 스위치를 켰다. 그리고 내 쪽으로 돌아앉았다.

"엄마한테 들었을 뿐 저는 기억나지 않아요. 기억 같은 모호한 것보다 남아 있는 이름이 사실을 증명해주잖아요."

기억이 없어도 실증되는 것……. 뭔가 얘기하고 싶어서 나도 모르게 입에서 말이 쏟아졌다.

"……그렇군요. 그런데 도저히 아내와 제 기억이 일치하지 않을 때가 있습니다. 아내가 이랬다 저랬다고 해도 저는 하나도 기억나지 않아서. 정말로 그랬나 싶고."

거기까지 말하고 나는 급히 변명하고 싶은 기분이 들었다. 아내 뒷담화하는 머리 나쁘고 칠칠치 못한 남자처럼 보이지 않았을까 걱정된 것이다.

"하지만 저 나름대로 좋은 추억을 만들려고 하고 있습니다. 이벤트도 신경 쓰고."

히로코 씨는 부드럽게 웃었다.

"부인은 추억을 만들기 위해 함께 있는 게 아닐 거예요, 아마."

내가 깜짝 놀라서 얼굴을 들자 그녀는 천천히 말을 이었다.

"추억이란 흘러가는 시간을 멈추게 하는 핀 같은 걸지도 몰라요. 하지만 그 장소는 사람마다 달라서 핀의 위치가 조금 어긋나기도 하죠."

삑 하는 새된 소리가 났다. 물이 다 끓은 것 같다.

히로코 씨는 카운터 끝에서 티슈 상자만 한 크기의 하얀 나무통을 들고 와서 내 앞에 내밀었다.

"여러 가지 차가 있어요. 어느 걸로 드시겠어요?"

나는 앗 하고 소리를 지를 뻔했다. 마블 카페의 계산대 옆에 나란히 있던 그 기프트 팩이 모든 종류 고스란히 있었다.

"다리 너머에 있는 카페에서 위탁받아 저희도 조금 갖다두었어요. 마블 카페라는 멋진 가게랍니다."

나는 너무나도 놀라서 더듬거리며 설명했다.

"실은 오늘 마블 카페에 가려고 했어요. 그런데 영업을 하지 않아서."

"어머나, 그러셨어요? 그 가게 월요일은 정기휴일이에요."

"네? 그렇지만 전에 월요일에 왔는데요. 말차 카페라는 이벤트를 하던데."

"이벤트는 정기휴일에 해요. 점장인 와타루 씨가 아니라, 오너인 마스터가."

그랬구나. 일찍 끝난 게 아니라 정기휴일이었구나.

아니…… 그러나, 오히려 잘됐을지도 모른다. 덕분에 히로코 씨와 좋은 얘기를 나누었다.

나는 히로코 씨가 답례로 내준 호지차를 마시고 사정을 얘기하고 우지 말차를 하나 사서 돌아왔다.

집에 오니 방문이 반쯤 열려 있었다. 불이 켜져 있어서 안을 들여다보니 리사가 바닥에 털썩 주저앉아 있다. 리사 주변에는 책이란 책이 전부 흩어져 있어서 바닥이 보이지 않을 정도였다.

"무슨 일이야?"

리사에게 말을 걸자 리사는 멍한 표정으로 "아, 어서 와." 하고 말했다.

"다녀왔어 ……저기, 오늘, 마블 카페에 가려고 했는데."

리사는 느릿느릿 일어섰다.

"마블 카페? 오늘은 월요일이니까 정기휴일이지 않았어?"

"응? ……아, 응?"

"말차 카페 갔을 때 내가 말했잖아. 마스터와 셋이 그런 대회도 나눴고."

그랬던가?

역시 나는 뭐든 바로 잊어버리는구나. 어이없어하면서 가방에서 기프트 팩을 꺼내려는데 리사가 불쑥 말했다.

"……없어."

"응?"

"편지가, 없어."

리사는 쌓인 것이 터졌는지 갑자기 울기 시작했다.

"있었다구, 분명히 있었어. 당신한테 받고 기뻐서 소중히 보관하려고 책 사이에 끼워뒀어. 거짓말 아냐."

손바닥으로 떠내듯이 눈물을 닦으면서 그녀는 계속 말했다.

"근데 어느 책이었는지 모르겠어. 꽂아둔 것 같은 시집에도 없고, 제일 좋아하는 소설에도 없고, 작년에 헌책방에 판 책 속에 있었나."

아이처럼 엉엉 우는 리사를 보고 나는 픕 하고 웃음을 터트렸다.

어이, 리사. 사람의 기억이란 이렇게 모호한 거야.

우리는 잊어버린다. 잊고 싶지만 잊히지 않는다고 생각한 일들도 어쩌면 생각했던 장소보다 훨씬 비켜나서 엉뚱한 곳에 핀이 꽂혀 있을지도 모른다.

우리는 자기가 기억하고 싶은 대로 기억하고 있을 뿐이다.

올해 화이트데이에는 편지를 쓸게. 사랑한다는 말은 역시 쑥스러워서 하지 못하겠지만, 나름대로 마음을 담아 이렇게 쓸 거야.

나는 당신에게 관심이 많습니다. 기쁘게 해주고 싶고,

웃게 해주고 싶습니다. 무슨 생각을 하는지 궁금한 사람,
내가 가장 알고 싶은 사람은 당신입니다.

　그 편지를 또 잃어버려도 괜찮다. 몇 년 뒤 몇 월 며칠이
든 그때 내 옆에서 당신이 웃어준다면----.
　그것은 무엇보다 확실하게 두 사람이 줄곧 함께 있었다
는 사실을 증명해줄 테니까.

3

초봄의 제비

3월/Tokyo

천방지축 말괄량이였던 내가 바늘과 실에 빠진 것은 다섯 살 때부터다.

어느 날, 엄마가 거실에서 조물조물 무슨 일인가를 하고 있었다. 아마 아빠 와이셔츠였을 텐데 몸을 조금 구부리고, 하얀 셔츠의 한 점을 집중해서 보고 있었다. 반투명 단추. 가느다란 은색 바늘이 한복판의 구멍을 뚫고 지나갔다. 쓱쓱. 바늘이 빠질 때마다 시원한 소리를 내는 것은 매끄럽고 하얀 실이었다.

멋있다. 바늘도, 실도, 그것을 조종하는 엄마도. 단추 다는 모습에 흥분한 나는 바느질 상자를 들여다보았다. 동그란 분홍색 쿠션에는 바늘이 몇 개 자라난 것처럼 보였다.

파랑이나 빨강 머리를 가진 시침바늘, 길이가 다른 보통 바늘. 나는 거기서 짧은 바늘을 한 개 꺼내서 자세히 보았다. 바늘구멍. 여기에 실을 끼워서 쓱, 쓱…….

따끔, 바늘 끝이 손가락에 닿았다. 엉겁결에 아얏 하고 조그맣게 소리를 지른 내게 엄마는 느긋이 말했다.

"아프지."

그러더니 와이셔츠를 내려놓고 바늘에 실을 꿰는 것부터 천 조각으로 네모난 코스타를 만드는 것까지 옆에 앉아서 친절히 가르쳐주었다.

초등학교에 들어가기도 전인 딸에게 바늘은 위험하니 건드리지 말라고 치우는 엄마였더라면 나는 이렇게 란제리 가게에서 속옷을 만들어 팔거나 하지 않았을 것이다. 아픔을 자각하는 것은 아프지 않게 하는 방법도 함께 자각하는 것과 같다.

홈질만으로 완성한 코스타를 엄마에게 칭찬받고 만족스러워하다 문득 깨달았다.

내 셔츠 소매에도 코스타와 비슷한 실의 행렬이 있었다. 깜짝 놀라서 내 옷을 닥치는 대로 찾아보았다. 목둘레, 주머니, 치맛자락. 모든 곳에 실이 행진하고 있었다.

어린 나는 막연히 옷은 원래 완성된 형태로 존재한다고 생각했다. 그런데 아니었다. 이렇게 천을 자르고 실로 꿰매어 직접 만들 수 있는 것이었다. 세상에!

내게는 그것이 아찔한 옷 만들기 세계로 들어가는 입구였다.

2년제 대학의 복식과를 졸업한 뒤 기성복 회사에서 패터너로 일했던 내가 강변의 다목적 빌딩에 가게를 차린 지 4년이 지났다.

브래지어, 팬티, 캐미솔, 페티코트. 전부 딱 한 점뿐인 핸드메이드 속옷으로 준비했다.

오픈할 때는 지하에서 가게를 열었다. 그러나 2년 전, 1층 잡화점이 폐점해서 그 틈에 장소를 바꾸었다. 임대료가 훨씬 비싸서 과감한 결단을 해야 했지만, 정답이었다고 생각한다. 가게 앞을 지나가는 사람들이 디스플레이를 들여다보거나 안으로 들어오기 쉬워지니 기회가 많아졌다.

SNS에 사진을 올리는 손님도 많아져서 한번은 TV 정보 프로그램에 가게와 상품이 소개된 적도 있다. 그것을 계기로 상품뿐만 아니라 나까지 잡지나 신문 인터뷰를 많이 받았다. 프로그램이나 기사를 본 사람들이 잇따라 방문해서 진열한 물건을 살 뿐만 아니라, 오더 메이드 주문도 늘어났다. 매상은 눈 깜짝할 사이에 두 배가 되고, 세 배가 되어 은행 대출도 무사히 다 갚았다.

그곳에 '있다'라는 걸 알아주는 것.

그것이 얼마나 중요한지 나는 몸소 실감했다. 아무리 열심히 좋은 것을 만들어도 알아주지 않으면 '없는' 거나 다름없다.

이 가게에는 출창이 커다랗게 설치돼 있어서 그것이 상품을 주목하게 하는 데 중요한 역할을 했다. 디스플레이를 잘하면 다양한 각도에서 판촉이 되는 절호의 무대였다. 예상 이상으로 내가 만든 출창 코너는 평판이 좋았다. 손님의 SNS든 언론의 취재든 '반드시'라고 해도 좋을 만큼 이 자리를 찍는다.

계절. 이벤트. 유행. 제철에 맞게 되도록 짧은 간격으로 이 공간에 이야기를 만든다. 혼자 하는 가게여서 전부 마음 가는 대로, 생각나는 대로 꾸민다.

이곳에 진열하는 상품은 일단은 마음을 끄는 것. 손님을 이 가게로 불러들일 만한 것. 출창을 장식할 만한 화려함이 있는지, 마음을 사로잡을 매력이 있는지. 그걸 염두에 두면서 속옷을 디자인하는 일이 많아졌다.

더. 더 열심히 해야지, 하고 힘이 생긴다. 어차피 후원자 없는 개인 사업이다. 이름이 조금 알려졌다고 안심할 수 없다. 질리지 않도록 참신한 상품을 개발하고, 내가 힘껏 PR을 해야 한다.

3월이 시작되고 3일 동안은 히나마쓰리(3월 3일에 열리는 여자아이들을 위한 행사-옮긴이) 분위기로 디스플레이를 했다. 분홍색을 중심으로 하고 연두색 아이템을 포인트로 곁들여서 봄 냄새 뿜뿜나게 장식해보았다.

오늘은 그걸 치우고 새로운 장식을 준비했다. 교실 칠판을 방불케 하는 진한 초록색 보드에 흰색 분필로 커다랗게 썼다. 'graduation'.

테마는 '졸업'으로 하자. 지금까지의 자신에게서 한 걸음 더 앞으로 나아가는 의미로.

조심스러운 표정으로 가게에 들어온 그 젊은 여성은 검은 기타 케이스를 짊어지고 있었다.

자그마하고 마른 몸이지만, 무거워 보이는 가죽 케이스를 전혀 부담스러워하지 않는 것 같았다.

밖에서 디스플레이를 물끄러미 들여다보는 그녀를, 나는 계산대 카운터에서 손님을 맞다가 발견했다. 오늘은 바람이 많이 불어서 긴 머리칼이 이따금 세차게 나부꼈다. 그녀는 싸우듯이, 견디듯이 입술을 꽉 깨물고 있었다. 단골 손님이 가게를 나가는 걸 지켜보더니 그녀는 살그머니 문을 열었다. 출창의 디스플레이를 보고 안에까지 들어와주어서 나는 은근히 희열을 느꼈다.

"어서 오세요."

웃는 얼굴로 맞이하자, 그녀는 출창 쪽을 가리키며 말

했다.

"저어……. 저기 있는 제비 스카프, 얼마예요?"

아, 하고 나는 조그맣게 탄식했다.

"죄송합니다, 그건 파는 것이 아니어서요."

봄의 방문과 함께 정든 보금자리에서 먼 곳으로 날갯짓하며 떠나는 제비. 검은색과 흰색 몸통이 교복을 연상시킨다. 졸업 이미지에 어울릴까 하고 제비 몇 마리가 여행 떠나는 모습이 프린트된 스카프를 출창에 걸어두었다. 하지만 그것은 이미 10년도 전부터 갖고 있던 내 스카프였다.

"……아하. 그렇군요."

"죄송합니다."

내가 한 번 더 사과하자 그녀는 "아뇨." 하고 조심스럽게 한쪽 손을 저었다.

"전부터 이 가게에 들어와보고 싶었는데 망설였거든요. 좋은 계기가 됐어요."

그녀는 몸을 휙 돌려서 가게 안 상품을 둘러보았다. 검은색 생머리 등에 멘 기타 케이스. 흰색 셔츠에 블랙진을 입은 그녀는 정말로 제비 같았다.

그렇긴 한데.

내심, 조금 복잡한 기분이 들었다.

출창에는 란제리 세트를 두 개의 패턴으로 양옆에 배치

했다. 하나는 파스텔 색조로 로맨틱하게. 또 하나는 와인레드로 우아하게. 나름대로 소녀에서 성인 여성으로 옮겨가는 드라마를 그린 배치였다.

양쪽 다 제각기 화사하여 스스로도 꽤 잘했다고 생각했다. 하지만 이 여성의 마음을 끈 것은 크림색 바탕에 검은 제비 무늬 장식용 소품이었다.

그래도 손님이 이 가게에 발을 들이는 계기가 됐으니 다행일지도 모른다. 나는 마음을 고쳐먹고 말을 걸었다.

"기타 케이스, 카운터에 보관해드릴까요?"

그녀는 잠시 생각하더니 고개를 끄덕였다. 케이스를 받아들면서 나는 말했다.

"기타, 치시는군요."

"네. 기타 치면서 노래해요."

"어머나, 가수시구나."

그녀는 쑥스러운 듯이 웃었다. 그리고 몸이 홀가분해지자 천천히 상품을 둘러보았다. 나는 부담이 되지 않도록 카운터에서 사무 작업을 보면서 조심스레 상태를 엿보았다.

"피 버드는."

그녀가 갑자기 그렇게 말하며 이쪽을 보아서 조금 놀랐다. 피 버드는 이 가게 이름이다.

"전에 지하에 있었죠."

"네? 네네."

"개업하던 날 저 갔었어요. 우연히 앞을 지나다가 새로 생긴 간판이 궁금해서."

나는 눈을 동그랗게 떴다. 그랬구나.

"첫날 오신 손님이셨군요. 감사합니다."

"아뇨, 그때는 아무것도 사지 않아서……. 처음에는 물건도 더 적었죠. 디스플레이도 단순했고."

그 말을 들으니 부끄러움이 끓어올랐다. 지하에서 이 가게를 개점했을 무렵, 손님의 구매 의욕을 충족할 만한 프로모션이 전혀 돼 있지 않았다. 그렇게 찾기 힘든 곳에 있으면서 손님 모을 궁리도 하지 않았고, 임팩트 있는 상품을 전개할 아이디어도 기술도 부족했다. 그래서 그녀처럼 우연히 찾아왔다가 한번 들여다보고 가는 걸로 끝인 손님이 많았을 것이다.

그런데 다음 순간, 그녀는 내 가슴을 치는 말을 했다.

"실은 저, 그때 참 좋다, 갖고 싶다고 생각한 상품이 있었어요. 브래지어와 팬티 세트였는데요. 새하얀 색에 장식이 전혀 없고, 브래지어 오른쪽에만 흰색 날개 자수로 포인트를 주었더라고요."

그것은, 그 상품은.

말이 나오지 않는 내게 그녀는 계속 말했다.

"굉장히 정성껏 만들어서 손에 든 느낌이 어찌나 부드러운지. 입는 사람의 몸과 기분까지 생각한 것이 전해져서, 이곳은 참 좋은 가게구나 생각했어요."

나는 울음이 터질 것 같은 눈과 마음을 꾹 닫았다. 그녀가 말한 그 상품은 내가 가게를 개점한 날 진열한 것이 맞다.

오픈하던 날 폐점 무렵에 고등학생 딸과 엄마가 들어왔다. 모녀는 상품을 펼쳤다가는 진열대에 돌려놓기를 거듭하며, 큰소리로 이러쿵저러쿵 평가했다.

"어때?" 하고 어머니가 흰색 브래지어를 집었다. 간발의 차도 없이 딸이 얼굴을 찡그리며 "에이, 너무 밋밋해"라고 했다.

"한 점짜리 핸드메이드인데 이렇게 밋밋하다니 말도 안 돼. 봐, 팬티가 뭐야, 이게. 유치원 애들 것도 아니고."

두 사람은 얼굴을 마주 보며 웃더니 상품을 진열대에 획 던져두고 가게를 나갔다.

나는 혼자 남은 가게에서 '뭐야, 이게' 하는 말을 들은 흰색 팬티를 들어올렸다. 손가락이 달달 떨렸다.

그것은 질 좋은 100퍼센트 순면을 사용한 부드러운 팬티였다. 이걸 만들 때 연구를 많이 했다. 박음질이 피부에

닿지 않도록, 고무가 살을 파지 않도록. 세트로 만든 브래지어도 그랬다. 유방이 아프지 않도록 생각에 생각을 한 끝에 노 와이어로 살짝 감싸듯이 마무리했다. 그래서 굳이 장식을 하지 않았다. 딱 하나, 날개 자수 이외에는. 그것도 나름대로 신경 써서 고른, 약간의 펄이 들어간 아름답고 탄탄한 명주실이었다.

하지만 이건 손님에게 '말도 안 되는' 상품이었다. 확실히 돈을 내고 사고 싶진 않을 만큼 수수했을지도 모른다.

자기만족으로 만들어선 안 된다. 팔리지 않으면 의미가 없다.

나는 그 세트를 진열대에서 내렸다. 더 공부해야 한다고 생각했다.

착용감을 추구하면서도 누구나 우왓 하고 시선을 빼앗길 만한 디자인을.

그녀는 가게를 둘러보면서 약간 고개를 움츠렸다.

"1층으로 옮긴 뒤 뭔지 모르게 분위기가 달라져서 들어오기 망설였는데."

심장이 조여왔다. 이런 손님이 있었구나.

나는 지금 어디를 보고 있을까. 디스플레이를 얼마나 화려하게 할지, 어떻게 접객할지. 그것도 물론 가게를 계속해

나가는 데 필요하지만, 가장 중요한 것은, 내가 정말로 해야 할 것은……

한 점 한 점, 사랑으로 속옷을 만들어서 한 사람 한 사람에게 배달하는 것이 아닌가.

잠자코 있는 내게 그녀는 당황한 듯이 말했다.

"아, 괜한 소리 해서 죄송해요. 그 후로 오지도 않았으면서. 몇 번 생각은 났어요. 하지만 뭔가…… 나를 위해 세상에 한 점뿐인 속옷을 사는 게 사치 같아서."

이 가게의 상품은 그리 고가는 아니다. 물건에 따라서 다르겠지만, 전체적으로는 타당하다고 생각한다. 그러나 백 엔 균일 가게에서도 팬티를 파는 걸 생각하면 그녀가 말한 대로 '자신을 위해' 사기에는 좀 비쌀지도 모른다. 실제로 선물로 고르는 손님도 아주 많다. 소중한 사람에게 보낼 선물이 되다니, 정말 영광스러운 일이다.

그리고 그녀가 말한 '사치'는 돈뿐만은 아닐 것이다.

하지만---.

나는 한 박자 쉬었다가 천천히 말했다.

"만약 손님이 제가 만든 속옷으로 손님을 위해 사치해주신다면 정말, 정말 기쁠 거예요."

속옷은 피부에 직접 닿는 옷. 사람에게 가장 가까운, 무엇보다 친밀한 존재.

쉬이 노출하는 것이 아니기 때문에 더 민감하게 선택한다. 소중하게 곁에 두고 싶다. 마음에 드는 속옷은 어떤 날이든 절대적인 내 편이 된다. 그리고 그걸 입음으로써 긍지를 갖길 바란다. 나는 그런 사치를 할 만한 사람이라고.

잊고 있었다.

원피스나 코트를 만들던 내가 속옷을 재미있다고 생각한 것은, 독립해서 이 속옷을 내 손으로 세상에 퍼트리고 싶다고 생각한 원점은, 그곳이었다.

나는 재고를 쌓아둔 사무실로 가서 선반 구석에서 상자를 꺼냈다.

그 속에 그 하얀 란제리 세트가 들어 있었다. 얇은 종이에 곱게 싸였다. 나름대로 이 속옷에 품고 있던 사랑도 그대로 싸여 있다.

내가 들고 가자 "맞아요, 그거예요!" 하고 그녀는 눈을 반짝거렸다.

"입어보시겠어요?"

묻는 내게 그녀는 망설임 없이 끄덕거렸다. 그리고 시착실에서 바로 얼굴을 내보이며 "좋아요." 하고 미소 지었다.

나는 하얀 장갑을 끼고 "실례합니다." 하고 착용 상태를 보았다. 이대로도 문제는 없다. 하지만 브래지어 컵이 살에 붙도록 옆을 조금 줄이면 착용감이 더 좋아질 것 같다.

"5분만 시간을 주시겠어요. 좀 더 편안하게 고쳐보겠습니다."

은색 바늘, 하얀 실.

다섯 살 나의 가슴을 설레게 했던 아이템으로 브래지어를 수선하면서 나는 이런저런 생각을 했다.

개점 당시, 의욕만 있고 자신감은 없던 나. 손님의 의견에 일일이 좌우됐던 나.

가게가 1층으로 이사 오고 궤도에 올랐을 때, 뭔가 갑자기 잘되는 것처럼 느껴졌다.

하지만 그렇지 않다.

내가 이 가게를 계속해올 수 있었던 것은 지상으로 올라와서가 아니다. 지하에 있을 때 알아준 사람이 있어서다. 푹 빠져서 만들던 그 상품들을 알아준 사람이 있어서다. 그리고 무엇보다 내가 속옷 만드는 것을 너무 좋아해서다. 그래서 2년 남짓 견디며 경험을 쌓아, 더 열린 장소로 가게를 옮길 수 있었다.

지하에 있던 나, 열심히 노력했네. 많이 고민하면서도 그렇게 즐거워했잖아. 내 가게는 처음부터 제대로 '있었던' 것이었어.

두 번째로 시착실에서 나온 그녀는 뺨을 붉히면서 말했다.

"대박이에요. 입지 않은 것처럼 편안해요. 딱 맞아요."

내가 지금까지 절대 출창에 진열하지 않았던 그 순백의 상품은 그녀의 몸에 훌륭하게 맞았다. 마치 처음부터 그녀를 위해서 만든 것처럼.

그리고 아마도 그랬을 것이다.

"……나도 졸업할 타이밍이려나."

계산을 하고 있는데, 카운터 너머에서 그녀가 불쑥 중얼거렸다.

그러고는 내가 입을 열기 전에 "혼잣말이에요." 하고 지우듯이 웃었다. 아마 뭔가의 전환기에 있는 모양이다.

나도 그녀에게서 시선을 떼며 말했다.

"졸업은 다음 단계로 가면서 끝이 아니라 지금까지 열심히 해왔다고 자신을 인정하고, 응원해준 분들에게 감사하는 매듭이기도 하죠."

그녀가 퍼뜩 고개를 들었다.

나도 "혼잣말이에요." 하고 웃으며 그녀의 것이 된 속옷 꾸러미를 건넸다.

"또 몇 번이고 찾아올 거예요, 다음 계절에는."

그녀는 기타 케이스를 짊어지고 내가 열어준 문으로 나갔다.

나는 깊숙이 머리를 숙였다. 감사합니다. 제 속옷과 만나주셔서. 좋아해주셔서.

그녀는 어떤 노래를 부를까.

나는 문 앞에 서서 제비 한 마리가 날아가는 모습을 물끄러미 지켜보았다.

쌩하고 세찬 바람이 불었다. 이것은 틀림없이 순풍. 이 계절 특유의.

나는 크게 숨을 들이마시고 등을 쭉 폈다.

새로운 봄이 벌써 시작됐다. 당신에게도 내게도, 봐, 이렇게.

4

천창에서 내리는 비

4월/Tokyo

숄더백을 어깨에 고쳐 맸을 때, 손등에 톡 하고 차가운 것이 떨어졌다.

깜짝 놀라서 물방울을 보았다. 톡, 톡. 멈춰선 내 재킷에도 데님 스커트에도 흐린 하늘에서 물방울이 떨어졌다. 비다. 나는 안도의 숨을 내쉬었다.

나행이다, 내가 울고 있는 게 아니었어.

료고쿠의 온욕 시설 안에 있는 일식 레스토랑을 약속 장소로 정한 것은 미츠였다.

레스토랑은 3층이었다. 입구에서 들여다보니 구석 자리에 편히 앉아 있는 미츠의 모습이 보였다. 나는 점원에게 가볍게 인사하고 그대로 나아갔다.

미츠가 나를 발견하고 왼손을 들었다. 오른손으로는 젓가락을 들고 튀김 정식을 먹고 있다. 나는 미츠의 맞은편에 앉아서 사과부터 했다.

"미안해, 늦어서."

"아냐. 비, 와?"

미츠는 새우튀김을 소스에 찍으면서 말했다. 호두색으로 염색한 짧은 커트 머리칼이 젖어 있다. 이미 한차례 온 천 듯 하고 온 것이리라. 나와 스물아홉 살 동갑이지만, 미츠는 나이를 알아볼 수 없다. 화장이나 옷에 따라 훨씬 연상으로도, 훨씬 연하로도 보인다. 맨얼굴인 지금은 아주 어려 보였다.

"약간. 근데 지금은 그쳤어."

나는 그렇게 대답하고, 테이블 끝에 꽂힌 메뉴판을 펼쳤다.

막 4월에 들어선 오늘은 비가 내렸다 그쳤다. 이상한 날씨다. 하늘이 흐리네 싶으면 갑자기 해가 났다.

생선회 정식으로 할까, 내가 말하자, 미츠가 웃었다.

"사치는 그거 고를 줄 알았어. 생선 좋아하잖아. 캐나다에 가면 회 먹기 힘들겠네. 아, 그쪽에도 일식 레스토랑쯤은 있으려나."

"……관뒀어."

"응?"

"관뒀어. 캐나다에 가지 않을 거고, 유스케하고 결혼도 하지 않을 거야."

미츠의 젓가락이 움직임을 멈추었다. 그걸 시야 끝으로 확인하면서 나는 '여기요' 하고 점원을 불렀다.

미츠는 된장국 그릇을 들면서 "그러니." 하고 담백하게 대답했다.

가까이 온 점원에게 주문을 마치자, 나는 등받이에 기대듯이 의자 깊숙이 앉아서 미츠에게 말했다.

"목욕, 벌써 했구나."

"응, 대충. 한산했어. 아로마 에스테랑 찜질방도 있대. 나 진흙 마사지 할까봐. 항아리에 들어가는 거. 셀프로 칠한대."

"서로 칠해줄까? 등이나 손이 닿지 않는 곳."

"좋네."

밋밋한 톤으로 밋밋한 대화가 이어졌다.

나는 다음 달에 일을 마무리하고 집도 내놓고 3개월 전에 먼저 캐나다로 건너간 유스케에게 가기로 했다. 결혼식은 올해 안에 할 준비가 돼 있었다. 유스케의 가족은 온화한 사람들이었고 우리 부모님도 유스케가 마음에 든다고 기뻐했다. 종합상사에 다니는 남편과 캐나다 생활이라니 좋겠다, 하고 동료들도 부러워했다.

그걸 전부 백지로 만든 것은 나다. 일주일 전에.

생선회 정식은 바로 나와서 우리는 사소한 잡담을 계속했다. 내가 의료 사무 일을 보고 있는 소아청소년과 얘기나 인터넷 쇼핑 오퍼레이터를 하는 미츠의 직장 뒷담화 등.

약혼을 파기한 자초지종에 관해 미츠는 아무것도 묻지 않았다. 물론 내가 말을 꺼내면 잘 들어줄 거란 것도 알고 있다. 말 자르지 않고 끝까지.

나는 미츠의 이런 점에 언제나 안심한다. 미츠는 저벅저벅 들어오지 않는다. 애써 누군가에게 맞추지도 않는다. 하지만 언제나 주위를 잘 보고 있다가 말없이 배려한다.

미츠가 약속 시간보다 훨씬 일찍 와서 혼자 목욕한 것은 야외촬영 장소 헌팅을 겸한 것이다. 먼저 튀김 정식을 먹고 있는 것은 전철이 멈추는 바람에 약속 시간에 늦어진 내가 신경 쓰지 않게 하기 위해서다.

그리고 그것은 미츠가 그러고 싶기 때문이지 '해주는 것'이라는 생색을 조금도 내지 않는다. 절대 사교적이라고 할 수 없는 나는 몇 안 되는 이 친구가…… 미츠가 너무 좋다.

온욕 시설로 불러준 것도 송별회 같은 것이리라. 내가 해외로 가기 전에 일본다운 곳에서 놀자는 배려가 분명하다.

그 사실에 미안해하면서 나는 미츠와 만나 소소한 대화를 나눌 수 있다는 사실에 안도했다.

식사를 마친 미츠는 메뉴를 펼치고 디저트를 골랐다. 문득 생각난 듯이 고개를 들었다.

"그러고 보니 요전에 마스터가 사치 노래 칭찬했어. 전부터 좋았는데 요즘 목소리에 깊이가 생겨서 팬도 늘었다고."

마스터란 강변에 있는 마블 카페 주인이다. 아담한 커피 가게로 평소에는 와타루라는 젊은 점장이 혼자 운영한다.

작년부터 그곳에서 가끔 이벤트를 했다. 정기휴일이나 폐점 후의 시간을 활용하여. 그때만 마스터가 관리하지만, 그의 이름은 아무도 모르고 다들 그저 '마스터'라고만 부른다.

대학 시절에 포크송 동아리 활동한 것을 인연으로 사회인이 돼서도 나는 이따금 작은 라이브하우스나 야외 이벤트에서 노래를 불렀다. 부탁받기도 하고 내가 신청하기도 하고 참여하는 형태는 다양했다. 기타 한 대만 있으면 모양새가 나므로 누구와도 같이한 적은 없다. 혼자가 자유롭고 편하다.

어느 날, 마을 축제 때 광장에서 노래를 부르는 내게 우리 가게에서 불러보지 않겠냐고 말을 걸어준 사람이 마스터였다. 이마에 커다란 점이 있는 자그마한 아저씨로, 순간 수상하다고 생각하긴 했지만, 어째선지 바로 경계심이 풀렸다. 그리고 크리스마스 이벤트 출연자 중 한 사람으로

천창에서 내리는 비

참가한 이후, 가끔 단독으로 라이브를 하게 해주었다.

별다른 선전도 하지 않고 부정기적으로 슬쩍 여는 마블 카페의 이벤트는 항상 어딘가 좀 마니악하다. 하지만 즐겁고 평온하고 신기할 정도로 '딱 좋을 만큼' 손님이 왔다.

나는 출연자로서뿐만 아니라 일반 손님으로 이벤트에 다니게 됐다. 그곳에서 '종이 연극'을 한 사람이 바로 미츠다.

딱따기 소리와 함께 시작한 종이 연극은 미야자와 겐지의 '오츠벨과 코끼리'였다. 목소리가 완전히 달라져서 깜짝 놀랐다. 아는 얘기 같기도 하고 모르는 얘기 같기도 한 그 우화는 미츠의 목소리를 타고 내 속으로 쑥쑥 파고들어 가슴속이 달콤하게 떨렸다.

이 사람과 친해지고 싶다고 생각했다. 하지만 내가 먼저 말을 걸지 못했다. 그건 누구에게나 그렇다. 그래서 내가 그다음 공연할 때, 객석에서 미츠의 얼굴을 발견하고 얼마나 기뻤는지 모른다. 그런 의미에서도 나는 마스터에게 감사한다.

"마스터, 그 사람, 참 희한하지."

"정말로. 뭐 하는 사람일까."

메뉴를 보며 그렇게 대답하고 미츠는 말차와 와라비모치(고사리 녹말로 만든 떡-옮긴이)를 주문했다.

자세히는 모르지만, 미츠의 본가는 교토에서 화과자점

을 한다고 들은 적이 있다. 미츠라는 이름도 어느 절의 유명한 스님이 지어주었다고 한다.

그러나 미츠는 전혀 간사이 사투리를 쓰지 않는다. 발음이 좋고, 매혹적인 목소리를 가진 마술사다.

식사를 마치고, 우리는 엘리베이터를 타고 1층에 내려가서 커다란 흰색 글씨로 '여'라고 쓰인 감색 바탕의 포렴을 걷었다.

옷장 앞에서 미츠는 거침없이 옷을 벗었다. 나도 하나씩 옷을 벗었다.

"아, 그거 예쁘다."

미츠가 내 브래지어를 보고 말했다. 지난달, 피 버드라는 란제리 가게에서 산 것이다.

"실루엣 예뻐. 날개 자수도, 빛에 따라 모양이 달라지네."

나는 몹시 뿌듯했다. 미츠는 언제나 잘 발견해준다. 내가 소중히 하는 것들을.

미츠는 실오라기 한 올 걸치지 않은 모습이 되자, 배 주변을 보며 말했다.

"이따금 생각하는데, 어째서 사람만 옷을 입을까."

나는 브래지어를 벗으면서 대답했다.

"처음에는 방한이나 보호가 목적이었을 거야. 그러다 부끄러움이라는 감정을 알게 되고."

"부끄럽다는 건 말이지, 이유야 어찌 됐건 모두 가리기 시작해서 같아. 가슴을 드러낸 채 사는 민족도 있잖아. 주위가 숨기니까 자기도 부끄러워지고 부끄러우니까 가리고, 그런 고리겠지."

미츠는 옷장 열쇠를 잠갔다. 나도 긴 머리를 고무줄로 묶었다. 탕으로 가면서 미츠가 물었다.

"알몸으로 다니지 않게 된 건 언제부터일까. 전에 텔레비전에 나오던데 네안데르탈인도 옷 같은 것을 입고 있었대."

"그 말은 인류가 선라었던 짓은 그 진? 그 진이면 뭐디디."

"음, 오스트랄로피테쿠스?"

미끄럼 방지를 위해 작은 돌기가 난 고무 시트를 밟으면서 대욕탕으로 들어갔다. 밝고 넓어서 여러 가지 소리가 울렸다. 물이 흐르고 바가지가 부딪치고 여자들이 재잘거린다.

샤워를 가볍게 하고 가장 넓은 탕인 고농도 탄산탕에 들어갔다. 따뜻한 온탕에 몸을 담그니 절로 눈이 감겼다. 기분 좋다.

아아, 몰랐다. 나는 이렇게나 얼어 있었구나.

팔다리를 편히 펴고 있으니 말이 저절로 쏟아져 나왔다.

"……종종 있지, 프로 오디션을 받아보거나 CD로 데뷔

하면 좋을걸, 하는 말을 들을 때가 있거든. 근데 내가 바라는 건 그런 게 아니야. 그저 노래만 부르고 싶을 뿐. 내 노래를 진심으로 들어주는 사람에게 들려주고 싶을 뿐."

"웅, 나도. 배우가 되고 싶다거나 그런 게 아니고 종이 연극을 하고 싶을 뿐."

"노래를 부르면 마음속 심지가 떨리거든. 그 기분이 좋아. 듣고 있는 사람들에게 닿은 뭔가가 내게 되돌아와서 그걸 공유하는 느낌. 일체감이랄까."

"알아. 종이 연극에서 그걸 느껴. 분명히 똑같을 거야."

나는 "그렇지." 하고 끄덕이고, 부글부글 소리를 내며 코 언저리까지 욕탕에 몸을 담갔다.

미츠는 장난치듯이 물을 손으로 뜨기도 하고 뿌리기도 하며 놀더니, 욕탕 구석 쪽을 손가락으로 가리켰다.

"저기에 네유(寢湯: 누워서 온천을 즐길 수 있는 탕-옮긴이) 있지? 봐, 천장에 구멍이 뚫려 있어. 가보자."

듣고 보니 정말 그랬다. 천장 일부가 구름 모양으로 도려내어 있다. 둘이서 욕조에 들어가 올려다보니 연푸른 하늘이 보였다.

"오늘은 열려 있네. 비 안 오나. 실내에서 알몸으로 비 맞는 귀한 경험을 할 수 있을 텐데."

미츠가 약간 흥분해서 말했다.

누워 있는 온천인 만큼 욕조는 얕다. 허리를 담그려고 다리를 구부리면 무릎이 쏙 나온다. 연한 유백색 탕은 맑아서 옆에 있는 미츠의 다리 끝이 다 보였다. 발톱에 짙은 빨간색 네일을 발랐다. 하얀 피부가 더 돋보였다.

미츠에겐 심플한 패션이 많다. 색도 단색뿐이다. 검은색이나 회색. 그런데 어째서일까. 이 진한 빨간색을 보고 나는 전혀 위화감을 느끼지 못했다. 미츠답다는 생각조차 했다.

아무한테도 보이지 않는 곳에서 선명하게 불타고 있으니까?

"오오, 느낌 좋게 흐려지기 시작했어. 비, 올지도."

기우제라도 지내듯이 미츠는 두 손을 모아 기도했다. 표주박 같은 곡선을 그리는 구멍은 하늘 그림을 끼워 넣은 액자 같기도 하고, 독특한 모양의 태블릿으로 영상을 보는 것 같기도 했다. 재색 구름이 묵직해 보였다.

찌릿, 하고 가슴속이 욱신거렸다. 이 하늘은 캐나다와 이어져 있겠지, 하고 유스케에게 미련을 가진 나를 발견했기 때문이다.

싫다. 싫지만, 사실 그랬다. 이렇게 우울하고 센티해지는 나를 숨겨왔다.

지난주에 일시 귀국한 유스케에게 헤어지고 싶다고 말했을 때, 그는 도무지 이해하지 못하겠다는 듯이 한 번도

본 적 없는 무서운 표정을 보였다.

　몇 번이나 이유를 물었다. 나 나름대로 솔직한 마음을 얘기했다고 생각하지만, 도저히 전해지지 않아서 마지막에는 미안해, 미안해, 하고 사과할 수밖에 없었다.

　그로서는 청천벽력이었을 것이다. 나는 유스케가 하는 말에 아니라고 한 적이 없다. 싫어할까봐, 잃게 될까봐. 그의 전근, 우리의 결혼, 그리고 내 앞으로의 생활. 모두 유스케의 시나리오에 끄덕였다. 껍데기 속에 몸을 움츠리고.

　껍데기에 돌이킬 수 없는 균열이 생긴 일격은 "도쿄에서 라이브, 앞으로 몇 번 더 할 수 있을까"라고 말하는 내게 유스케가 던진 대답이었다.

　"그런 것보다 영어 공부를 해. 노래 따위로 먹고사는 것도 아니고."

　내게는 '그런 것'이 아니었다. '노래 따위'가 아니었다.

　결정적인 것은 그 점이었다. 더는 무리다, 함께 있을 수 없다고 확실하게 마음을 정했다.

　내게도 소중하게 지켜온 것이 있다. 기대하는 게 있다. 소소하고 따스한 라이브 공연, 싱글벙글 웃으며 들어주는 손님, 대학 시절부터 친구인 기타. 일도 그렇다. 여장부 같은 선생님을 무척 좋아하고, 병원에 오는 아이들에게 건강해지기를 기도하며 성장을 보는 것도 기뻤다.

유스케도 좋아했다. 했다가 아니다. 지금도 여전히, 좋아한다.

지기 싫어하는 노력파이고 힘껏 사람을 끌어당기는 강한 에너지에 끌렸다. 반면, 번개가 무섭다는 것을 깨닫지 못하게 하려고 애쓰는 점이 사랑스러웠다.

다만 달랐다. 손에 넣고 싶은 것, 지키고 싶은 것이. 입고 싶은 것, 장식하고 싶은 것, 그리고 아마 숨기고 싶은 것이.

이제 인간은 옷이나 신발 없이 살아갈 수 없는 걸까. 살을 가리고, 마음을 숨기고, 꾸미고 거짓말만 하고, 무엇인가가 되려고 하고. 자기도 혼란스러울 정도로 이렇게 복잡해져서.

우리가 오스트랄로피테쿠스였더라면 좋았을 것을.

아무것도 걸치지 않고, 규칙에 얽매이지 않고 배가 고프면 초원의 풀을 뜯어 먹고, 사랑하게 되면 서로 꼭 껴안고 자고, 일어나면 아침이 오고. 완전하지 않은 말로 상처 입히지도 않고.

서로를 좋아하는 것만으로는 무리였다.

"괜찮아."

미츠가 불쑥 말했다. 멍하니 있던 나는 응? 하고 고개를 들었다.

"네가 가장 소중하다고 생각한 것을 소중하게 지켰으니까 그걸로 된 거야. 사치 마음대로 해도 돼. 앞으로도 줄곧."

몸의 심지가 흔들렸다. 노래할 때 떨리는 곳과 같은 부분이었다.

너무 속에 감춰져서 나도 알지 못했다. 그래도 돼, 누군가에게 단지 그 말을 듣고 싶었던 것.

그리고 그것은 조금도 부끄러워하지 않아도 된다는 것도.

다음 순간, 뜨거운 온천 위로 톡, 톡 하고 무언가가 튀었다. 비다.

"온다!"

미츠가 기뻐서 소리치며 양팔을 펼쳤다.

구름 모양으로 도려내진 하늘에서 빗방울이 떨어졌다. 이렇게 보니 비는 방울형도 선도 아니고 타원이었다. 선심 쓰며 뿌리는 투명한 사탕 같은 그것을 나는 멍하니 바라보았다.

희미하게 빛이 든다. 여우비다. 뻥 뚫린 구멍으로 빛을 받은 빗방울은 반짝거리며 알몸으로 떠 있는 나를 적셨다.

　울어서는 안 된다고 줄곧 생각했다.

　내가 약속을 깼으니까. 유스케를 상처 입혔으니까. 멋대로 내가 원하는 삶의 방식을 선택했으니까. 하지만.

　나는 지금 내게 우는 것을 허락할 것 같다. 울어도 된다. 비를 맞고, 땀에 젖고, 온천물에 적시며 전부, 전부. 여기서 마음껏 울어버리자.

　그리고 탕에서 나와 몸을 닦고 내 마음에 쏙 드는 브래지어를 하고 옷을 입고 신발을 신자. 나는 이제 당당히 가슴을 펴고 걸을 수 있다.

　이 비가 그치면 분명히.

5

별이 된 쏙독새

5월/Kyoto

교토에도 좋은 대학교가 쌔고 쌨는데 머한다꼬 도쿄 같은 데 갈라 카노.

　할머니가 그렇게 말해도 "그야 당연히 당신한테서 벗어나고 싶어서지"라고 대꾸하지 않은 나는 평화주의자다. 말이 통하지 않는 상대와 싸워봐야 의의 있는 대전이 되지 않는다. 지지 않을 자신은 있지만, 애초에 어떻게 되는 게 이기는 건지 모르겠다.

　우리 집은 300년 전부터 내려온 '하시노야'라는 화과자점으로, 내가 뭘 좀 알 때부터 부모님은 가게에만 있었다. 할머니가 말하기를 교토의 화과자점은 요정이나 료칸과 달라서 '여사장'이 존재하지 않는 것이 관례였다고 한다. 점주인 할아버지를 내세워 뒤에서 내조하며 '사모님'인 할머니는 절대 겉으로 나서서 관리하지 않았다고 한다. 그런 얘기를 할 때는 늘 콧방귀를 꼈다.

그러나 할아버지가 세상을 떠나고 아버지가 이어받을 무렵에는 그런 시대가 아니게 됐다. 전직 광고 기획자로 실력자였던 엄마는 스스로 '명물 여사장'이라고 홍보하며 열정적으로 밖으로 뛰어다녔다. 백화점에 진출하고, 온라인 판매도 시작해서 망해가던 가게가 번창하게 된 것은 엄마의 공적이다. 하지만 그 탓에 부모님이 집에 있는 일은 거의 없었다. 수업 참관일에 온 것도 손에 꼽을 정도다.

"미츠는 내가 키웠다"라는 것이 할머니의 입버릇이다. 뭐, 거짓말은 아니다. 일찌감치 가게에서 물러난 할머니는 외동딸인 내 곁에 있었다.

나는 언제나 갑갑했다. 사랑해준다기보다 지도받고 있다고 생각했다. 스커트 길이, 소지품 취향, 동아리 선택. 일기장이며 친구들과 주고받은 편지도 내가 없는 동안 멋대로 읽었다. 그리고 꼭 트집 잡는 걸 잊지 않았다.

나는 고등학교에 들어갔을 때 결심했다. 졸업하면 반드시 교토를 떠나 먼 곳의 대학으로 가겠다고.

그래서 상경한 지 10년. 이제 간사이 사투리도 완전히 고쳤다.

쿵, 하고 창에 머리를 기댔다. 유리 너머로 경치가 휙휙 흘러간다.

황금연휴 후반에 나는 교토행 신칸센을 탔다. 생각해보
니 5년 만이다. 마지막으로 귀성한 것은 사회인 2년 차, 스
물네 살 때였다.

다음은 교토, 하고 안내방송이 나오자 슬며시 몸이 굳어
졌다. 자기 집에 가면서 이렇게 긴장하다니. 평온하게 쉴
수 있는 곳이 아니던가, 고향이란.

현관을 열자, 유키노 씨가 현관까지 나와주었다.

"어서 와."

환한 유키노 씨의 웃는 얼굴에 마음이 편해진다.

유키노 씨는 숙모다. 아버지의 동생, 즉 작은아버지의
아내다.

내가 고등학교 3학년 때, 유키노 씨가 지바에서 시집왔
다. 당시 30대 중반이었던 유키노 씨는 나이보다 훨씬 젊
어 보였다. 온화하고, 절대 나서지 않고, 목소리가 거칠어
지지 않았다.

삼촌 부부는 두 집 건너에 살고 있어서 유키노 씨는 결
혼한 뒤 거의 매일 할머니 식사를 챙겨주러 오거나 청소를
도와주러 왔다. 거의 같이 사는 거나 다름없었다. 그 고집
스러운 할머니에게 불평 한마디 하지 않고, 세심하게 돌봐

주어서 나도 부모님도 유키노 씨에게는 감사했다.

어째서인지 물어본 적은 없지만, 유키노 씨는 할머니를 '타즈 씨'라고 불렀다. 할머니 성격이 그 모양이어서 타지에서 온 사람에게 '할머님'이라고 부르지 못하게 했는지도 모른다. 교토를 사랑하는 것은 좋지만, 외부와 벽을 쌓는 것은 할머니의 나쁜 버릇이다.

유키노 씨를 따라 안으로 들어가자 거실에서 할머니가 안락의자에 앉아 텔레비전을 보고 있었다.

내가 돌아온 걸 알았을 텐데 돌아보지도 않는다. 할 수 없이 "다녀왔어요." 하고 말을 걸자 그제야 고개를 들고 눈을 동그랗게 떴다.

"머꼬, 그 머리 꼬라지는."

5년 만에 만나서 트집부터 잡는다. 예상은 했지만, 그래도 한숨이 나온다. 짧은 커트 머리도 애쉬브라운 색도 나는 무척 마음에 든다. 할머니의 지령으로 고등학교 졸업할 때까지 어깨까지 오는 길이를 유지했고, 염색은 절대 허락하지 않아서 줄곧 까만색이었다. 그 반동일지도 모른다.

주방에 서 있던 유키노 씨가 나를 향해 몸을 돌렸다.

"점심, 준비했어. 먹을 거지?"

"네."

엄마도 아버지도 일하러 간 것 같다. 화과자점 대목이니 당연하다. 세면실에서 손을 씻고 거실로 돌아오자 할머니가 집 전화로 누군가와 얘기하고 있었다. 아주 정중한 말투로.

식탁에는 지단을 듬뿍 올린 지라시 스시 통이 놓여 있다. 그것 말고도 식탁이 비좁게 음식을 차려놓았다. 후시미 고추찜. 대파와 가다랑어 초된장 무침. 유바 국. 교토 장아찌 모둠. 나도 모르게 침을 꿀꺽 삼켰다.

전화를 끊은 할머니가 자리에 앉으면서 유키노 씨에게 말했다.

"내일 10시에 상가 회장님 오시니까 오우스 준비해라."

"네. 가시와모치(떡갈나무 잎에 싼 팥소를 넣은 찰떡-옮긴이) 포장해둘까요?"

유키노 씨는 개인 접시를 나눠주면서 대답했다.

'오우스'란 간편하게 끓이는 말차를 말한다.

결혼하기 전까지 "차는 녹색이나 갈색이란 정도의 인식밖에 없었다"라고 하는 유키노 씨는 처음에는 오우스가 무엇인지 몰라서 고등학생인 내게 몰래 묻기도 했다. 할머니는 질문할 틈조차 주지 않았다.

하지만 이제 유키노 씨 쪽이 더 빈틈없을 것이다. 이만큼 교토 요리에 능숙하고 선물로 할 화과자까지 세심하게 알고 있다.

할머니는 이번에는 나를 보았다.

"깃페이는 잘 있더나?"

깃페이는 차 도매상인 후쿠이도의 외동아들이다. 대대로 집안끼리 교류가 있는 데다, 차 가게와 화과자 가게라는 조합도 거들어서 자주 왕래한다.

후쿠이도가 도쿄에 지점을 내게 되어 깃페이는 2월에 상경했다.

"잘 있을 거야, 나는 1월에 만났지만. 마스터가 깃페이는 바빠 보이긴 한데 전보다 잘 웃는다고 했어."

교토의 화랑 주인인 마스터는 이 지역에서 제법 유명인이다. 코믹하게 생긴 외모와 달리 능력자여서 여러 방면으로 폭넓게 사업을 하고 있다.

그중 하나인 도쿄의 마블 카페에서 설에 말차 이벤트를 한 날, 마스터에게 부탁받아서 우리 집 화과자를 제공했다. 그때 그곳에 불려 온 깃페이 씨와도 조금 얘기를 나누었다.

"미츠의 종이 연극, 기대되네. 쉬는 날인데 고마워."

유키노 씨의 말에 나는 벙글거렸다.

도쿄의 대학에 진학해서 나는 연극 동아리에 들어갔다. 신입생 환영회 때 종이 연극을 했는데 의외로 즐거워서 내가 하고 싶은 일은 이거다! 하고 생각했다.

나 혼자 뭐든 정할 수 있고, 경비가 거의 들지 않는 점도 좋았다. 서서 그림을 넣고 빼고 할 만한 반경 1미터 정도의 공간만 있으면 별다른 설비도 필요하지 않아서 실내에서도 밖에서도 가능하다. 보육원이나 양로원, 지역 축제 등, 홍보하면 관심을 가져줄 곳은 얼마든지 있어서 한번 하고 나면 또 와주세요 하고 불러주는 일이 많다.

그래서 나는 졸업 후에는 인터넷 쇼핑 오퍼레이터 일을 하면서 라이프워크로 종이 연극을 하고 있다.

이번에 귀성한 것은 마스터에게 얘기를 듣고 유키노 씨가 의뢰해서다. 유키노 씨는 공민관에서 시간제로 일하는데 어린이날 이벤트로 꼭 와달라고 부탁했다. 찾아주어서 기뻤다. 그래서 열심히 준비해서 온 것이다.

국물을 한 모금 마시고 유키노 씨한테 대답하려고 하는 찰나 할머니가 먼저 말했다.

"종이 연극 같은 거, 요즘 유행하지도 않는 거를 머할라꼬 하노."

전에 내가 유키노 씨와 인터넷 동영상 얘기를 열심히 할 때는 "유행하는 것만 쫓아댕기고 경박시럽구로." 하고 말하지 않았던가. 이 사람은 결국 트집을 잡고 싶은 것뿐이다. 이러니 도저히 할머니 앞에서 종이 연극의 좋은 점이며 내 열의를 얘기할 마음이 들지 않았다.

나는 묵묵히 고추를 씹었다. 할머니가 오독오독 말린 무절임을 씹는 소리가 식탁에 울렸다.

식사를 마친 뒤, 나는 주방에서 유키노 씨와 수다를 떨면서 같이 설거지했다. 뒷정리를 마치고 거실로 돌아왔다.

할머니가 안락의자 등에 기대어 눈을 감고 있다. 가볍게 이마에 손을 짚고 있다.

오늘 처음 만났을 때부터 생각했지만, 안색이 별로 좋지 않다. 어디 몸이 안 좋은 걸까. 떨리는 가슴을 누르면서 물었다.

"할머니, 차 마실 거야?"

할머니는 게슴츠레하게 눈을 뜨고 "어" 하고 대답했다. 그리고 주방으로 가려는 내게 갑자기 말했다.

"종이 연극, 어떤 거 하고 있노?"

나는 돌아섰다. 가슴이 좀 뛰었다. 할머니가 흥미를 가져주었다.

"미야자와 겐지."

나는 그 이름에 선명하게 밑줄을 긋듯이 대답했다. 그러자 할머니는 "쳇!" 하고 혀를 차더니 내뱉듯이 말했다.

"니가 미야자와 겐지를 알기나 하나. 어려버, 겐지를 읽고 해석하는 거는. 그것도 넘한테 들려주다니 장난인 줄 아나."

쿵, 하고 가슴속에서 큰소리가 났다. 시커먼 구멍이 뻥 뚫린 것 같았다. 그 구멍에 내가 떨어지는 것도 모르고 할머니의 잔소리가 계속됐다.

"대학교 가서 연극을 한다 캐서 얼마나 놀랬는동. 니는 어릴 때부터 까딱하만 징징 잘 울던 아였고, 균형 감각이 없어서 걸핏하면 자빠졌는데, 그래 둔한 아가 괜찮을라나 싶었다. 근데 넘들 앞에서 연기를 하다니 아이구야, 말도 안 된다."

무시하듯이 웃었다. 늘 있는 일이다. 늘…… 흘려들으면 된다.

그런데 도저히 그럴 수 없었다. 슬픔인지 분노인지, 그 둘 다인지 분출하는 듯한 뜨거운 분노를 막을 수 없었다.

"……어째서?"

쥐어짜듯이 간신히 말하고 진지한 얼굴의 할머니에게 나는 쏘아붙였다.

"어째서 늘 그렇게 내가 하는 일마다 트집을 잡는 거냐고!"

할머니는 미간을 찡그렸다.

"니가 실수하지 말라꼬 가르친 것뿐이다."

"할머니는 내가 아무리 열심히 해도 절대 인정해주지 않았잖아. 어릴 때부터 늘 그랬어. 물구나무서기를 할 줄 알게 됐을 때도, 독후감 입선했을 때도 어렵다고 하는 고등학교에 붙었을 때도, 맨날 이러쿵저러쿵 트집만 잡고."

"물구나무서기라이, 그래 옛날 일을 아직도 꽁하게 기억하고 있노."

"기억하고 있어. 계속 기억하고 있었어! 할머니의 그 무신경함이 얼마나 사람을 상처 입히는지 할머니는 조금도 몰라!"

할머니는 조용해졌다. 나도 입을 다물었다.

참을 수 없어서 거실을 뛰쳐나왔다. 찻잔 세 개를 담은 쟁반을 든 유키노 씨 옆을 지나서.

내 방에서 침대에 뒹굴며 한참 동안 멍하니 있었다.

눈물이 쏟아졌다. 할머니에게 속상함을 쏟아내고 나니 스멀스멀 자책감이 밀려왔다.

할머니, 몇 살이더라. 여든두 살인가. 이제 와서 그런 말해서 분위기 살벌하게 하는 게 아니었다. 다음에 또 언제볼지 모르는데.

참을 수 없었던 이유를 깨달았다. 다른 건 몰라도 이것만큼은 할머니에게 인정받고 싶었다.

나는 벌떡 일어나서 종이 연극 세트가 든 가방에 손을 뻗었다.

도쿄에서 들고 온 목제 종이 연극 상자. 찾고 또 찾아서 겨우 발견한, 마음에 꼭 든 물건이다. 좀 무겁지만, 그림을 빼고 넣는 게 부드럽고, 무엇보다 고풍스러운 디자인이 너무 좋다. 손님을 종이 연극의 세계로 이끌 분위기 있는 무대가 되어준다.

갖고 온 작품은 전부 미야자와 겐지였다.

니가 미야자와 겐지를 이해할 수나 있나. 할머니가 박아놓은 가시가 빠지지 않는다. 내 속의, 가장 보드라운 곳을 찔린 기분이다.

미야자와 겐지를 해석하는 것이 어려운 것쯤 나도 안다. 그래서 몇 작품이나, 몇 번이나 읽었다. 나름대로 열심히 연구했다. 지금도 종이 연극을 할 때는 몇 번이고 몇 번이고 읽는다. 그리고 나는 미야자와 겐지의 작품을 사랑한다. 어린 시절부터.

-------아홉 살 때였다.

일이 바빠서 밤중에 돌아오던 부모님이 한번은 출장을 갔다. 초저녁부터 태풍이 와서 밤이 되자 밖에서 웅웅 하고 큰소리가 났다.

엄마와 아빠는 괜찮을까. 이 집, 날아가는 거 아닐까. 불을 끄는 것도 불안해서 나는 내 방을 환하게 해놓은 채 침대 속에서 꼼짝도 하지 않고 있었다.

닫힌 문틈으로 빛이 새어나오는 걸 발견했는지 할머니가 들어왔다.

"잠이 안 오나?"

할머니가 말했다. 내가 이불을 뒤집어쓴 채 끄덕이자, 할머니는 "겁재이네." 하고 구시렁거리면서 가더니, 이내 돌아왔다.

"책이라도 읽어주꾸마."

놀랐다. 할머니는 책을 가지러 간 것이다. 이불을 걷더니 굳이 내 옆에 파고들어와서 돋보기를 끼고 책을 폈다.

그리고 할머니는 소리 내어 읽기 시작했다.

미야자와 겐지의 《쏙독새의 별》이었다.

할머니가 그런 걸 해준 것은 처음인데다 더 뜻밖이었던 것은 할머니의 은근 박력 있는 낭독, 나는 설레면서 얘기를 들었다.

하지만 그때의 내게 쏙독새는 너무나 괴로운 캐릭터였다. 생긴 것이 흉하다고 미움받고, 유충을 먹는 것도 눈치 보고, 사실 쏙독새는 조금도 나쁘지 않았는데, 마냥 착한데 험한 일만 당했다. 마지막에 별이 될 때는 슬프고 무서워서 울어버렸다. 그러잖아도 불안한 밤에 할머니는 왜 이런 얘기를 골랐을까 생각했다.

그때, 할머니는 큰소리로 나를 야단쳤다.

"뚝 그치라. 쏙독새는 어떤 새보다 아름다운 것이 됐다. 와 그런지 아나. 지 힘으로 죽자 살자 하늘로 올라갔기 때문이라!"

그것은 그림책이 아니었다. '미야자와 전집' 중 하나로 문고본이었다. 할머니는 그걸 몇 번이나 되풀이해서 읽었는지, 표지가 너덜너덜했다.

"인제 아무한테도 상처받지 않고, 아무한테도 상처 주지 않을 끼다. 그냥 모두를 비추고 있을 끼야. 그카이까네 인제 개안타, 쏙독새는."

할머니는 책에 시선을 떨어뜨린 채 말했다.

그리고 더 이상 읽어주지는 않고 옆에 누워서 혼자 독서를 했다. 나는 말을 거는 것도 미안하고 할 일도 없어서 멀뚱하니 있다가 어느새 잠이 들어버렸다. 이른 아침에 눈을 뜨니 옆에 할머니가 자고 있어서 깜짝 놀랐다.

그카이까네 인제 개안타, 쏙독새는. 할머니의 그 목소리는 지금도 귓속에 남아 있다.

방에 틀어박힌 지 두 시간쯤 지나서 목이 말라 살그머니

주방으로 갔다. 거실에 할머니의 모습은 없다. 유키노 씨는 벌써 저녁 준비를 하고 있다. 나는 유키노 씨 옆에 섰다.

"미안해요, 일만 시켜서."

"아냐, 아냐. 밑 준비 곧 끝나. 비파 먹을래?"

친정인 지바에서 보내주었다고 한다. 유키노 씨는 내가 대답하기 전에 냉장고에서 비파 팩을 꺼내 바구니에 담아서 씻었다. 나는 거실을 한 번 더 확인한 뒤 물었다.

"……할머니는요?"

"방에서 잠깐 주무시겠대."

역시 어디가 안 좋은 걸까. 내가 그런 말을 해서 악화되었을지도 모른다.

만약에, 만약에 할머니가 병이 난다면. 심장이 미칠 듯이 쿵쿵 뛰었다. 나는 굳게 마음먹고 유키노 씨에게 물어보았다.

"저기…… 할머니, 혹시 어디 좋지 않으세요?"

유키노 씨가 품 하고 도저히 참지 못하겠다는 듯이 웃음을 터트렸다.

어리둥절해하는 내게 유키노 씨가 비파를 접시에 담으면서 말했다.

"미안, 미안. 웃어서. 걱정할 필요 없어. 드물게 낮잠을 주무시는 것뿐이야. 건강 검진 결과도 아주 우수해서 골밀도 나이가 스무 살이나 젊으시대. 완전 건강체 그 자체셔."

유키노 씨는 식탁에 앉았다. 나도 따라서 마주 앉았다. 그녀는 비파를 한 손에 들더니 노련한 손놀림으로 껍질을 줄줄 벗겼다.

"타즈 씨는 말이야. 오늘 미츠가 온다고 기뻐서 어젯밤에 한숨도 못 주무셨대. 오늘 아침에도 몇 번이나 시계만 보고, 신칸센이 예정대로 달리는지 역에 전화해서 확인까지 했다니까. 바깥에서 작은 소리만 나도 미츠 아닌가 하고 창밖을 내다보고 말이야. 점심도 뭐로 할지 타즈 씨가 한참 연구한 메뉴야."

그건 나도 어렴풋이 느꼈다. 내가 좋아하는 것만 있다는 것. 그 집념이라고도 할 만큼 가늘게 썬 달걀지단은 할머니 솜씨라는 것. 유키노 씨는 예쁘게 깎은 과일을 내 쪽으로 내밀었다.

"그런데 타즈 씨도 참 그렇게 퉁명스럽게 나오시다니. 나 너무 웃겨서."

나는 비파를 받아들었다. 싱싱한 과육은 입에 넣으니 부드럽고 달콤하고, 산뜻한 신맛도 느껴졌다. 유키노 씨 같네, 하고 무심코 생각했다.

"타즈 씨, 귀여운 사람이야. 맨날 미츠 얘기만 해."

"어차피 욕만 하겠죠."

민망하기도 해서 나는 그렇게 대답했다. 유키노 씨는 고개를 살짝 갸웃거렸다.

"욕이랄까. 타즈 씨는 자기한테 매력 없는 사람 얘기는 하지 않으셔. 아주 좋아하거나 전혀 관심 없거나 둘 중 하나지."

나는 얼굴을 들었다. 유키노 씨가 부드럽게 웃었다.

"매일 저녁 무렵이면 타즈 씨, 텔레비전으로 전국의 날씨 예보를 보면서 말이야. 도쿄는 비가 오네, 춥지 않을까, 하고 중얼거리셔. 수도권 지진 속보라도 나오면 진도 2든 1이든 절대 안심이란 걸 알 때까지 방에서 우왕좌왕하셔. 미츠한테 물어보면 될 텐데."

그런 할머니의 모습, 상상도 하지 못했다.

아까와는 다른 온도의 눈물이 식탁에 뚝뚝 떨어졌다.

나는 할머니가…… 할머니가 싫다, 좋다, 짜증이 난다, 사랑스럽다, 등을 돌리고 싶다, 응석부리고 싶다. 엉망진창이다, 언제나. 어쩔 도리가 없다.

정리되지 않는 모순을 안고 괴로워하고, 떠나고 싶어 하고.

그런 한편으로 너무너무 걱정되고 건강하길 바라고.

별이 된 쏙독새는 지금은 그저 조용하게 빛나고 있다.

평온함 속에.

하지만 나는 별이 아니다. 살아 있다. 이 땅 위에서.

그래서 누군가의 말과 행동에 상처를 입고 똑같이 누군가를 상처입힌다.

그러나 내 힘으로 필사적으로 살면 조금이라도 모두에게 빛을 비출 수 있을까. 그것이 나를 '탄탄하게' 해주지 않을까.

유키노 씨가 예쁘게 껍질을 벗긴 비파 열매를 또 한 개 건네주었다. 나는 고개를 저었다.

"내가 벗겨볼래요. 고마워요."

유키노 씨는 빙그레 웃으며 손에 든 과일을 덥석 베어 물었다.

내 방으로 돌아오려다 입구에서 발을 멈추었다.

반쯤 열린 문으로 할머니 뒷모습이 보였다.

할머니는 종이 연극 포스터를 들고 있었다. 《바람의 마타사부로》. 아주 살짝 미소 띤 얼굴로 그 제목을 사랑스러운 듯이 조심스레 어루만지고 있다.

미야자와 겐지의 작품은 한 성격 하는 등장인물뿐이다. 약함도 추함도 어리석음도 안고 있는 그들의 모습은 허세가 없어서 리얼하다.

부조리하고 어딘가 쓸쓸하고, 그러나 청명하고 풍요로운 자연의 섭리. 은혜를 입으면서도 두려워하면서 스스로는 어쩔 수 없는 감정과 대치한다. 그런 미야자와 겐지의 세계에 나는 이끌리지 않을 수 없었다.

할머니의 등을 보고 있으니 왠지 웃음이 났다. 심호흡한 뒤, 나는 기세 좋게 문을 활짝 열었다.

"할머니, 또 멋대로 내 방에 들어와서! 양해도 없이 내 것 좀 만지지 마."

할머니가 움찔하며 이쪽을 보더니 종이 연극 상자에서 슬그머니 손을 뗐다.

"안 만졌다. 기냥 보기만 했지."

"맨날 거짓말."

그렇다, 이런 식으로 하고 싶은 말을 하면 된다. 싸움이 나면 싸우면 된다. 잠자코 담아두지 말고. 무시당하더라도 비굴해지지 말고.

나는 할머니한테 침대에 앉으라고 시켰다. 의아한 얼굴을 하면서도 할머니는 순순히 앉았다.

나는 침대 맞은편에 놓인 칼라박스 위의 소품을 책상으로 옮겼다. 종이 연극 상자를 그 위에 올리고 무대를 만들었다.

할머니, 나, 다 컸어.

이제 울보였던 어린아이가 아냐.

내가 번 돈으로 월세도 식비도 공과금도 내. 일이 잘되지 않아서 우울할 때도 있고, 아픈 연애를 하기도 해. 하지만 매번 다시 잘 일어났어.

바퀴벌레 잡는 법과 고구마 맛있게 굽는 법, 불안으로 짜부라질 것 같은 날 혼자 밤을 보내는 법도 다 터득했어. 그러니까.

"봐 봐."

나는 무엇이든 될 수 있다. 어디로든 갈 수 있다. 게가 되어 늪에서 속삭이고, 코끼리가 되어 동료를 돕고, 새가 되어 하늘을 날고 말이 되어 대지를 달릴 수 있다.

딱따기를 울렸다. 딱딱, 딱딱.

"바람의 마타사부로(미야자와 겐지의 작품으로 일본의 대표적 근대 동화-옮긴이), 시작, 시작!"

쿵쿵, 쿵쿵쿵, 쿵쿵쿵, 쿵쿵,
파란 호두도 날려버리고

신 모과도 날려버리고

할머니는 어린아이처럼 동그마니 앉아서 종이 연극에 빠져들었다.

그 눈은 촉촉하고 반짝거렸다. 캄캄한 밤하늘에 조용히 빛나는, 작은 별처럼.

쿵쿵, 쿵쿵쿵, 쿵쿵, 쿠쿠쿵.

나는 소리를 더 높여서 할머니를 이야기 속으로 데리고 갔다.

태풍 부는 날 나타난 괴짜 소년이 되어.

전해지는 마음

6월/Kyoto

어제부터 내린 비가 아침녘에야 겨우 그쳤다. 장마 중에 잠깐 맑은 하늘을 보인 것이다. 오늘은 우산이 필요 없을 것 같다.

6월 30일이다.

오비(기모노 허리를 묶는 끈-옮긴이)와 다비(기모노를 입을 때 신는 버선-옮긴이)를 챙기고 수국 같은 연보라색 홑겹 기모노를 입었다. 오랜만이었다. 기모노 차림으로 나가는 일도 요즘은 훌쩍 줄었다.

화과자점 '하시노야'의 9대째 주인이 남편이었을 때, 나는 매일 기모노를 입고 열심히 일했다. 엄한 시어머니와 과묵한 시아버지를 섬기고 남편을 내조하고, 두 아들을 키우면서.

가게에서는 이미 물러났다. 큰아들이 남편 일을 이어받고, 며느리 가나코가 우리 집에 온 뒤로 가게 분위기가 확 바뀌었다. 며느리는 내가 보기에 말도 안 되는 경박한 것만 제안했다. 뭐가 뭔지 알 수 없는 인터넷 판매를 하네, 할인 캠페인을 하네. 게다가 케이블 텔레비전이나 타운지에 나올 때면 주인인 아들이 아니라 며느리가 나섰다. 우리 화과자가 그런 식으로 가볍게 보이는 건 견디기 어려웠다. 그때마다 나는 말렸지만, 아들 내외는 강행했다. 큰아들은 가나코가 시키는 대로 했다. 엄마처럼 자존심만 신경 쓰다 가게가 망하면 본전도 못 건진다고.

실제로 아이들의 방식은 내 생각과 달리 요즘 세상에 잘 먹혔다.

적자가 계속됐던 가게는 완전히 정상으로 돌아오고, 가나코는 명물 여사장으로 유명해졌다. 가나코가 정답이었다. 어머니는 이미 한물갔어요, 라고 하는 것 같았다. 그걸 인정하는 것도 분해, 가게 일에서 일체 손을 떼기로 마음먹었다.

대신, 내게는 손녀 미츠를 돌본다는 대의명분이 있었다. 너희들이 가게에만 붙어 있으니 이 아이는 내가 잘 키워주겠다.

미츠는 내게 안식처를 만들어주었다. 정말로 사랑스러

웠다. 사랑스러운 나머지, 절대 응석을 부리게 해선 안 된다고 생각했다. 그래서 잔소리도 많고 말도 지나쳤을지 모른다. 이제 와서는 부드럽게 말을 건네는 법도 모르겠다.

밖에 나가서 걸었다. 공원 앞을 지나가는데 고양이가 한 마리 나무 밑동에서 털을 고르고 있었다. 자세히 보니 흰색 길고양이였다. 오른쪽 눈은 노랗고, 왼쪽 눈은 파랗고, 이마에 작은 상처가 있다.

"흰둥아" 하고 부르자 얼굴을 번쩍 들었다. 내가 멋대로 지었을 뿐이다. 온몸이 새하야니까 흰둥이. 차남의 며느리, 유키노는 '마시멜로'라고 불렀다. 처음에 나타났을 무렵에는 더 작고 보드라워서 그렇게 부른 것 같다.

나는 허리를 구부리고 물었다.

"장마 때문에 고생이제? 어젯밤에는 어데 있었노?"

흰둥이는 듣는지 안 듣는지 앞발만 쪽쪽 핥았다.

"아직 장마가 계속될 낀데 단디 챙기래이."

야옹, 하고 흰둥이는 대답했다. 애교도 많지. 나는 다시 걸어갔다. 가드레일을 사이에 둔 차도 옆에서 자전거가 기세 좋게 나를 추월해갔다.

길가 우편함 앞에 멈춰 서서, 나는 핸드백에서 열쇠를 꺼냈다. 지인에게 얼마 전 그림 편지가 와서 보내는 답장이다. 엽서 아래를 문득 보았다. 전에 큰아들이 지적한 게 생각났다. 듣고 보니 그런가 싶다.

자택 주소를 써넣을 때 나는 어째선지 '시모쿄구(下京區)'를 큼지막하게 쓰는 버릇이 있다. 토박이 교토 사람이라는 긍지가 드러난다.

머 어떻노, 진짠데.

교토시 시모쿄구 XXX. 하시노 타즈.

'타즈'란 엄마가 신세를 졌던 재봉 선생님의 이름을 얻은 것이다. 지혜롭고 아름답고 누구에게나 사랑받는 사람이었다. 타즈 선생님을 본받아서 그런 성격이 되라고 엄마가 지어준 것이다. 나도 타즈 선생님에게 사랑을 많이 받았다. 그래서 나는 내 이름을 아주 좋아했다. 그러나 이제 나를 이름으로 불러주는 사람은 거의 없다.

"그럼 제가 불러드릴게요. 타즈 씨라고. 저도 그냥 이름으로 불러주세요."

그렇게 말한 것은 유키노였다. 그 아이가 결혼한 지 얼마 되지 않아, 내가 그런 얘기를 했을 때의 일이다.

친근한 그 제안에 처음에는 당황했다. 유키노는 나를 무서워한다고 생각했고, 유키노는 얌전하고 소심한 여자로 보였기 때문이다. 그런데 바로 그렇지 않다는 것을 알았다. 유키노는 의외로 천진난만하고 머리가 좋고, 그리고 심지가 강했다.

시어머니한테 친구처럼 이름을 부르다니, 나로서는 도저히 생각할 수 없는 일이었다. 시대가 달라졌구나, 그렇게도 생각한다.

우체통에 엽서를 넣고, 나는 버스를 타려고 정류소로 향했다. 목적지는 시조에 있는 백화점이다.

백화점 지하 2층은 혼잡했다.

슬슬 명절이 다가와서일지도 모른다. 나는 눈부시게 아름다운 양과자점 앞을 지나 화과자점 코너에 발을 들였다.

화과자점은 모두 여덟 가게가 진출했다. 나는 빼곡하게 늘어선 화과자점을 곁눈으로 보면서 천천히 걸어갔다.

우리 과자가 제일이지.

어디에도 지고 싶지 않다. 내가 가게에 설 일은 이제 없겠지만, 그것만큼은 확신할 수 있다.

하시노야는 안에서 두 번째에 있다. 화과자점 코너를 한바퀴 돌며 다른 가게를 정찰한 뒤 나는 익숙한 간판 앞에서 발을 멈추었다.

점원은 한 사람밖에 없다. 아르바이트생일 것이다. 내게 "어서 오세요." 하고 웃는 얼굴로 인사한다.

나는 눈인사를 했지만, 점원은 다른 손님이 말을 걸어서 바로 내게서 얼굴을 돌렸다. 나를 모른다. 당연한 일이다.

10년쯤 전까지는 이런 일이 있으면 오래된 종업원이 "어이, 큰 사모님이야. 사장님의 어머님." 하고 야단쳐주기도 했지만, 그렇게 얼굴을 아는 사람도 거의 남아 있지 않다.

그러나 지금 내겐 그게 딱 좋았다. 가게에서 완전히 손을 떼기로 마음먹은 이상, 본점에는 가기가 괴로웠다. 이렇게 백화점에서 일반 손님에 섞여 있으면 큰아들 부부에게 알려질 일은 없다. 누군가에게 선물하거나 증정할 때는 큰아들에게 부탁해서 갖고 오게 하지만, 내가 하시노야의 과자를 먹고 싶을 때는 애가 징징대는 것처럼 갖다 달라는 말을 하기 그렇다.

젊은 점원은 청결한 흰색 블라우스에 하시노야 앞치마를 하고 있다. 머리칼을 단정하게 묶고 있지만, 귓불에 귀고리가 달랑거렸다. 그 점이 아무래도 거슬린다. 한마디 하고 싶은 것을 꾹 참았다.

나는 유리 진열장 안을 들여다보았다.

제대로 있다. 아니, 없어서는 안 된다. 요즘 철에만 가게에 진열하는 그 삼각형.

나는 오늘 이걸 사러 온 것이다.

6월 30일, 나고시노하라(음력 6월 그믐. 신사의 액막이 행사.

참배하는 사람에게 따로 만든 동그라미 속을 지나게 하여 액막이를 함-옮긴이)에 날에 먹을 특별한 생과자. 흰색 우이로(쌀가루와 설탕을 익반죽해서 찐 것-옮긴이) 위에 단팥 조림을 올린 묵직한 이것은……

"미나즈키 있어요?"

내 바로 뒤에서 그런 목소리가 들려서 무심결에 돌아보았다.

반소매 와이셔츠에 넥타이를 맨 젊은 남성이었다. 슈트 상의를 한쪽 팔에 걸고 있다. 아직 20대일 것이다. 반듯한 눈썹이 시원스럽다. 억양으로 보아 간사이 사람은 아닌 것 같았다.

"네, 잠시만 기다려주세요."

다른 손님을 응대 중이던 점원은 카운터 안에서 바삐 움직이며 대답했다. 어쩐지 까다로운 요구를 하는 손님을 만난 것 같다.

남성은 유리 진열장 안을 말똥말똥 보고 있다.

나는 안절부절못하다가 "미나즈키는 이겁니다." 하고 세모난 과자를 가리켰다.

미나즈키는 가게에 따라 조금씩 다르다. 우이로의 무르

기며 팥의 양이며. 세모 모양의 마무리를 반듯하게 하는 곳도 있고, 굳이 허물어서 소박하고 친근하게 하는 곳도 있다.

하시노야의 미나즈키가 제일 좋아, 하고 타즈 선생님은 말했다.

나는 그 말이 얼마나 기뻤는지 모른다. 하시노야의 미나즈키는 팥을 투명한 한천으로 감싸고 있다. 팥알 크기에도 예민하게 집착한다. 우이로의 부드러움, 식감도 고려해서 만들어낸 것이다.

하시노야에 시집온 뒤로 해마다 6월 30일에는 타즈 선생에게 미나즈키를 갖고 가는 것이 나의 즐거움이었다. 같이 먹으면서 이런저런 얘기를 나눈다.

"하시노야의 미나즈키는 반짝거리는 게 너무 예쁘구나."

그렇게 말하며 미소 짓는 타즈 선생님의 자상한 눈매가 이 계절이 되면 떠올라서 가슴이 저릿저릿하다.

그 미나즈키를 묻는 젊은 남성은 갑자기 말을 건네는 나를 겁내지 않고 밝은 목소리로 말했다.

"아아, 이게 미나즈키구나."

유리 진열장에 얼굴을 갖다 대더니 그는 천진난만한 미소로 나를 보았다.

"제 이름이 미나즈키랍니다. 미나즈키 유지."

그 말을 듣고 나는 "아, 그래요?" 하고만 대답했다. 모르는 할망구한테 갑자기 자기소개하는 천진함에 조금 당황했다.

"어제 교토로 출장을 와서 내일 돌아갑니다만. 거래처 사람이 교토에는 이 계절에만 나오는 미나즈키라는 과자가 있다고 가르쳐주어서 꼭 먹어보고 싶었어요."

"어데서 왔습니꺼?"

"도쿄에서요."

도쿄. 미츠가 사는 곳이다. 대학에 진학하며 상경한 지 10년, 미츠는 한 번도 돌아오지 않았다. 지난달에 5년 만에 얼굴을 보여주러 왔나 했더니 하룻밤만 자고 가버렸다.

옛날에는 겁도 많던 아이였는데, 제법 세련됐다. 자기 생각을 제대로 말로 표현할 줄 알았다. 도쿄에서 하고 있다는 종이 연극을 보여줄 때는 민망하게 눈물이 멎질 않았다. 미야자와 겐지가 미츠 속에 들어온 것을 나는 확실히 느꼈다. 내가 모르는 도쿄에서 미츠는 여러 가지 경험을 쌓은 것이다. 기쁜 일도 슬픈 일도, 아마 더 많은 일들을. 그 성장한 모습이 너무나 기뻤다.

그러나 조금은 쓸쓸했다. 아니, 조금이 아니라 좀 많이 쓸쓸했다는 말이 솔직한 표현이다. 내게는 이제 그 아이에게 해줄 수 있는 게 아무것도 없을지 모른다. 나 따위 있으나마나해졌다.

미나즈키 씨가 내게 물었다.

"귀찮게 물어서 죄송합니다만, 이 과자, 어떤 액막이가 되는지요?"

점원은 접객이 길어졌다. 미나즈키 씨의 상냥함에 그만 마음이 풀어져서 내 입에서 말이 술술 나왔다.

"그러게요. 나고시노하라에라고 해서, 옛날 귀족들은 6월 말에 얼음을 입에 물고 더위를 쫓았다네요. 앞으로 올 여름 더위를 잘 견뎌보자고 기합을 넣는 거지요. 글치만 옛날에는 얼음이 억수로 고급품이어서 서민들은 먹을 수가 없었거든요. 그래서 하얀 우이로를 세모 모양으로 잘라서 얼음 흉내를 낸 거지요."

미나즈키 씨는 눈을 반짝거렸다.

"재미있네요!"

열렬히 반응해주는 것이 기뻐서 나는 엉겁결에 씩 웃어버렸다. 경박하다. 입술에 힘을 꾹 주고 있자, 미나즈키 씨는 유리 진열장 안을 보면서 말했다.

"요즘은 이런 과자를 살 수 없는 가난한 서민이 얼음으로 더위를 버틸 텐데 아직 이런 걸 하다니 신기하네요."

가슴이 철렁했다.

이 젊은 남성에게는 한심하게 비칠지도 모른다. 어째서

시대에 맞지 않는 미신을 계속 믿고 있을까 하고.

그러나 미나즈키 씨는 황홀한 듯이 말을 이었다.

"세월이 흘러서 아무리 상황이 바뀌어도 액막이 전통이 이렇게 계승되다니, 참 좋네요, 이런 것."

헉, 하고 숨이 멎을 뻔했다.

새삼 깨달았다. 얼음을 쉽게 손에 넣는 시대가 됐는데도 어째서 이 과자가 계속 이어져오는지.

표현할 수 없는 기쁨이 서서히 가슴을 채워나갔다. 내 인생에 화과자가 있었다는 것, 이 청년과 같은 젊은 세대에게 무언가가 전해졌다는 것에.

미나즈키 씨는 다시 내 쪽으로 얼굴을 돌렸다.

"이 위에 올린 팥에도 의미가 있습니까?"

나는 이제 참지 않고 빙그레 웃었다.

"팥은 악령을 쫓아내고요. 콩은 귀신이나 악마에게서 도망치게 해주지요."

그렇다, 계승하는 것은 사람들의 희망사항이다.

이 세상은 뜻대로 되지 않는다. 우리는 모든 고난과 맞서서 극복해야만 한다. 혼자서는 대처할 방법이 없는, 상정할 수 없는 재앙을 전부 받아들이며.

그래서 기도를 과자에 담은 것이다. 모두가 능숙하게 잘 살도록, 여름 더위에도, 무서운 귀신에게도 지지 않도록.

점원이 그제야 앞 손님의 접객을 마쳤다.

"많이 기다리셨습니다."

미안해하면서 말하자, 미나즈키 씨는 "아뇨, 아뇨." 하고 부드럽게 고개를 저었다.

미나즈키를 두 조각 주문하고 점원이 포장하는 동안에 그는 내게 머리를 숙였다.

"여러 가지 가르쳐주셔서 감사합니다. 미나즈키를 사서 기뻐요. 저는 한참 전부터 교토에서 화과자를 산다면 꼭 하시노야라고 마음먹고 있었답니다."

나는 마음이 뻥 하고 뚫렸다.

"어째서요? 어째서 하시노야지요?"

"저, 이벤트 관련 일 하고 있는데요. 한참 전에 텔레비전 방송국 의뢰로 연예인들 빨리 먹기 대회라는 기획이 있었답니다. 여러 지방의 명산품을 쌓아 올려놓고 소개를 하면서 빨리 먹어 치우는. 하시노야의 화과자도 후보로 올라와서 마침 여사장님이 상경했을 때, 저희 상사가 그런 제안을 하는 자리에 같이 있었습니다만."

미나즈키 씨는 거기까지 얘기하다 그때 일을 떠올렸는지 풉 하고 웃었다.

"공중파 방송이고, 시청률 좋은 예능 프로그램이어서 엄청나게 선전이 될 거라고 했지만, 여사장님은 그건 절대 안 된다고 딱 잘라 거절하셨습니다. 우리 과자를 그렇게 거칠게 다루는 건 참을 수 없다, 아무리 선전이 돼도 그런 짓은 절대로 허락할 수 없다고. 소중하게 다뤄온 사랑스러운 과자입니다, 귀한 시간에 찬찬히 눈으로 즐기고 천천히 맛을 보아주었으면 합니다, 하고. 눈을 반짝거리며 화를 내시더라고요. 그분의 깊은 애정과 긍지를 느끼고, 저는 하시노야를 절대 잊을 수 없게 됐답니다."

……전해졌다.

나의, 우리의 마음은 가나코에게도 제대로 전해졌다.

말로 표현할 수 없는 감정이 넘쳐나서 나는 옷깃에 손을 댔다.

돌아온 점원에게 미나즈키 씨가 계산을 하고 미나즈키를 받아드는 정경을 나는 황홀하게 바라보았다.

미나즈키 씨는 이다음 아마 호텔 방에서 미나즈키를 먹고, 내일 도쿄로 돌아갈 것이다.

"도쿄란 데가 글케 좋은 뎁니꺼?"

나는 불쑥 물었다. 미나즈키 씨는 웃었다.

"적어도 저한테는요. 좋아하는 사람이 있기도 하고."

수줍어하는 미나즈키 씨 표정에 나는 조그맣게 끄덕였다.

그렇지. 미츠가 있어서 나한테도 도쿄는 좋은 곳이지.

전국의 모든 집 냉장고에 일 년 내내 공짜와 다름없는 얼음이 있어도 해마다 여름이 오기 전에 미나즈키는 사람들의 액막이를 한다.

이제 타즈 선생님은 없어도 유키노가 내게 '타즈 씨'라고 불러주어서 선생님은 언제나 내 옆에서 웃고 있다.

시대는 눈부시게 변해간다.

있었던 것이 사라지고 없었던 것이 나타난다.

그런 흐름에 몸을 맡기면서 나는 믿고 싶었다. 줄곧 소중히 하고 싶은 것은 모양이 바뀌며 계속 전해진다는 것을, 계속 존재한다는 것을.

"그럼 실례하겠습니다. 감사했습니다."

미나즈키 씨는 정중하게 인사를 했다. 나도 인사를 했다.

나야말로, 참말로 고마웠어요. 일, 열심히 하이소.

미나즈키 씨에 이어서 나도 점원에게 미나즈키를 한 조각 주문했다. 남은 반년 동안 무병하고 재난이 없길 기도하며.

점원의 귀에 흔들리는 귀고리가 귀여운 풍령이란 걸, 그때야 비로소 깨닫고 마음이 부드럽게 풀렸다.

전해지는 마음

7

아저씨와 단샤쿠

7월/Kyoto

나는 고양이. 이름은 많이 있다.

사람들은 자기들 마음대로 부르니까. 나비니 흰둥이니, 야옹이니. 음식 이름도 꽤 많다. 내 몸이 온통 새하얘서 전부 흰 음식. 밀크, 마시멜로, 찹쌀떡 등. 처음에는 찹쌀떡이 뭐야 했지만. 등을 쭉 펼 때 의외로 가장 어울리는 느낌이 들었다. 엄청나게 쭉쭉 늘어나는 내 몸. 내 몸이지만 반할 만큼 부드럽다옹.

나를 안아 들고 "사람으로 치면 스무 살 정도일까? 적령기네." 하고 말한 사람도 있다.

그런 건 모른다. 대체 왜 시간이 모든 사람에게 똑같은 속도와 똑같은 밀도로 흐른다고 생각하는 걸까. 인간이 말하는 '나이'로 뭔가를 정하다니 참말로 난센스.

사람들은 이상한 것투성이지만, 가장 수수께끼는 다들 소중히 갖고 다니는 어묵 판때기 같은 것. 손가락으로 토토토톡 치기도 하고 한쪽 귀에 대고 혼자 지껄이기도 하고, 가다 말고 서서 하늘이며 꽃 앞에서 포즈를 취하기도 하고. 도통 영문을 모르겠다.

그러고 보니 그 판때기, 가끔 반짝반짝 빛이 나기도 하고 갑자기 윙윙 신음을 내는 걸 보면 살아 있을지도 모른다. 그렇다면 인간들에게 엄청난 사랑 받을 만도 하지만. 네모나고 납작할 뿐인 그 녀석은 어떤 매력이 있길래 잠시도 몸에서 떼지 않고 함께 있고 싶어 하는지 수수께끼는 깊어질 따름.

내 눈은 오른쪽이 노란색이고 왼쪽이 파란색이다. 오드아이라고 한다면서? 일본에서는 옛날부터 금눈 은눈이라고 해서 행운을 불러오는 고양이라고 했다네. 귀하게 생각해주는 것은 그리 기분 나쁘지 않지만, 좀 이상하다 생각한다. 사람이 제멋대로 만든 이야기. 나는 그런 특별한 존재가 아니라 그냥 좀 예쁠 뿐인데.

어째서 내가 이런 얘기를 아는가 하면 헌책방 아저씨에게 들어서다. 나는 흔히 말하는 길고양이로 누구 한 사람의 집에 정착하지 못하고 여러 사람과 안면을 트고 다니지만(그리고 그중에서 좋아하고 싫어하는 사람이 확실하지만), 특별히 이 아저씨를 좋아한다.

아저씨는 내가 내켜하지 않을 때는 마음대로 만지지 않고, 새된 소리로 귀여워, 귀여워하고 호들갑 떨지도 않고, 번쩍거리는 그 판때기를 내 쪽으로 갖다대지도 않는다. 아저씨는 언제나 열려 있는 문 바로 옆 파이프 의자에 앉아서 무심하게 책을 읽고 있다가 나를 발견하면 눈을 가늘게 뜨고 후후 웃어줄 뿐. 바로 책으로 돌아갔다.

내가 가게 안으로 들어가서 아저씨 발밑에 동그랗게 웅크리고 있으면 절묘한 타이밍으로 엉덩이를 톡톡 두드려주거나 목뒤를 벅벅 긁어주기도 한다. 그리고 느릿하고 온화한 목소리로 말을 걸어준다. 최고.

오늘도 가볍게 산책 삼아 아저씨네 가게에 가보았다.

아저씨네 헌책방은 내가 주로 사는 우메코지 공원에서 그리 멀지 않다.

인적이 적은 뒷골목을 지나 빈집 마당을 통과하여 차나 자전거가 지나가지 않는지 지켜보다가 찻길을 건넌다.

나는 아저씨 냄새가 좋다. 하지만 그건 헌책 냄새를 좋아하는 거란 걸 최근 깨달았다. 뭔가 안심이 되고 아주 마음이 차분해지는 냄새. 종이도 잉크도 먼 옛날 누군가의 생각을 빨아들인 채, 느긋하게 쉬고 있다. 서두르지 않고, 재촉받지 않고.

가게를 찾는 손님의 차분한 몸짓도 좋다. 아저씨네 가게에 모이는 사람들은 어딘가 아저씨를 닮은 듯하다.

책을 읽을 때의 아저씨 모습, 참 좋다. 아름답다. 분명히 그곳에 있는데 어딘가를 여행하고 있다는 걸 안다. 몸은 멈춰 있는데 뭔가가 움직이고 있다는 것이 전해진다.

아저씨네 가게는 작다.

작고 낡았다.

아저씨는 언제나 혼자다.

가끔 아내가 온다. 그리고 도시락을 내려놓고 잠시 얘기하다 돌아간다.

아저씨는 시간을 들여 천천히 도시락을 먹는다.

연어구이 껍질을 내게 주기도 한다.

이제 제법 친해진 것 같은데 아저씨는 아직도 내게 이름을 지어주지 않고 '고양아' 하고 부른다. 하지만 왠지 아저씨다워서 마음에 든다.

아저씨네 가게에 있으면 기분이 좋다.

나는 어느샌가 잠이 들었다가 눈을 뜨면 이따금 여기서

태어난 듯한 착각에 빠진다.

정말로 그랬으면 좋을 텐데, 라고 생각한다. 아주 잠깐.

가게에 도착했더니 문 앞에 느닷없이 낯선 나무가 생겨서 깜짝 놀랐다. 아저씨 키만 한 가느다랗고 푸른 나무였다.

잎이 무성한 가지에는 알록달록 색지가 달려 있다. 그것이 팔랑팔랑, 팔랑팔랑 흔들려서 내 의지를 뛰어넘은 사냥꾼의 피가 끓어 나도 모르게 덤벼들고 말았다. 뭐지, 이건. 본 적이 있을지도 모르지만 없을지도 모른다.

"어이, 어이" 하고 웃으면서 나온 아저씨는 몸을 구부려 내 머리를 쓰다듬었다. 내 이마에는 상처가 있지만, 꽤 오래된 것이어서 이제 아프진 않다.

"이건 단사쿠라는 거야. 오늘 칠월칠석이거든. 이렇게 소원을 써서 가지에 매다는 거야."

우락부락한 아저씨 손이 내 턱을 감쌌다. 적딩한 힘 조절이 너무나 기분이 좋아서 갸릉갸릉 소리를 냈다. 흥분을 진정시키면서 나무를 자세히 보니, 그것은 땅에서 솟아난 게 아니라 우산꽂이에 꽂힌 것이었다.

"올해 칠석은 화창해서 좋구나."

일어서서 단사쿠를 고쳐 다는 아저씨의 목소리가 멀어

졌다.

나는 왼쪽 귀가 잘 들리지 않는다. 하지만 선천적이어서 다른 고양이들과는 어떻게 다른지 비교할 수 없다.

다만 그 탓에 어릴 적부터 좀 무서운 일을 당할 때가 있었다. 길 모퉁이에서 나타난 차나 휙 내려온 까마귀를 늦게 발견해서 아슬아슬하게 도망친 적이 많다.

남의 영역인지 모르고 들어갔을 때는 커다란 줄무늬 고양이가 성을 내고 다가오는 걸 알아차리지 못해서 발톱에 확 긁혔다. 이마의 상처는 그때의 흉터.

태어났을 때는 엄마가 옆에 있었을지도 모르지만, 바로 없어졌을지도 모른다. 모른다. 형제가 많았을지도 모르지만, 뿔뿔이 흩어졌을지도 모른다. 다 모른다.

문득 돌아보니 혼자였다. 무슨 일이 있었는지 전혀 기억하지 못하는데, 외로움부터 느꼈다는 건 굉장히 고통스러웠고, 그 체감만이 내 속에 남아 있다.

"이 종이에 말이야. 꿈이나 갖고 싶은 걸 써서 별님한테 보여주는 거야."

꿈이나 갖고 싶은 것?

나는 머리를 빙그르르 돌렸다.

아저씨가 색지를 바라보는 달달하고 간절한 시선을 보고서야 나는 깨달았다.

책이란 아마도 이 단사쿠의 모임 같다. 꿈이라든가 갖고 싶은 것이라든가. 그런 사람들의 동경을 잔뜩 모아서 묶어 놓은 거지.

나무에 매단 단사쿠는 별님이 다 보기에는 너무 많아서 별님 대신 사람들이 열심히 돌려 읽고 있는 것이다. 맞죠?

"고양아, 네 소원도 써줄까?"
아저씨가 나를 향해 웃었다.
나는 "괜찮아요"라는 대답 대신 고개를 휘릭 돌리고 털을 골랐다.

나는 잘 모르겠는걸. 내 꿈이 뭔지, 갖고 싶은 게 뭔지.
그건 아마 사람들에게 아직 손에 넣지 못한 것이 미래에서 반짝거리고 있는 그런 느낌인 거겠지. 이 단사쿠처럼 바람에 날려서 힘없이 흔들리는 거겠지.
나는 미래에는 흥미가 없다. 지금 이대로 주어진 몸 하나가 전부인걸. 잘 들리지 않는 한쪽 귀도, 이마의 상처도,

슬픈 경험도. 행복이나 불행이 아니라 전부 나만의 당당한 생애.

뭔가를 가졌던 적이 한 번도 없고, 앞으로도 아무것도 가질 생각은 없다.

내가 제일 좋아하는 아저씨가 지금 눈앞에서 즐거운 듯이 웃고 있다.

이곳은 평온한 장소.

이것만으로 나는 만족해.

왠지 졸음이 밀려와서 나는 앞발에 턱을 올리고 눈을 감았다.

저기, 아저씨.

아저씨의 꿈은 어떤 거예요? 갖고 싶은 것은 뭐예요?

졸음에 빠져드는 내 귀에 대나무 잎이 포개져서 바스락거리는 소리가 작게, 작게 들린다. 환상처럼 희미하고 부드러운 자장가처럼.

8월/Kyoto

다다스의 숲(시모가모 신사 앞에 조몬 시대부터 있었다는 나무로 이루어진 숲길-옮긴이)에 매미 소리가 울려퍼졌다.

넓디넓은 참배 길에는 초록의 나무들이 터널처럼 차양을 만들고 서른 개가 넘는 흰색 텐트가 양옆에 빈틈없이 쳐져 있다.

젊은 여성 손님이 멈춰 서서 내가 진열한 책 상자에 시선을 보냈다. 하지만 내가 파이프 의자에서 일어서려고 몸을 일으키기 직전에 옆 텐트로 가버렸다. 손으로는 팔락팔락 부채질을 하고 있다. '시모가모 납량 헌책 축제'라고 쓰인 부채. 입구에서 나눠준 것이다.

해마다 오봉(추석에 해당하는 일본의 명절. 양력 8월 15일 전후-옮긴이) 시기에 열리는 헌책 시장에 처음으로 출점했다.

6일에 걸친 대규모 이벤트로 교토뿐만 아니라 각지에서 헌책방도 손님도 모여든다.

내게 할당된 텐트는 적당히 나무 그늘이 있어서 딱 좋았다. 그렇긴 하지만 8월 중순의 한낮이면 기온이 상당히 높다. 이따금 기분 좋은 바람이 불어오긴 해도 종일 야외에서 보내려면 더위 방지 대책이 필요했다.

아내 후키코가 보냉재를 수건으로 싸서 얼려주어 이마나 목덜미에 대고 더위를 식히지만, 그것도 녹아서 부들부들해졌다. 손님은 끊임없이 나타나지만, 대부분은 그냥 지나가고, 소수는 걸음을 멈추고 놀리다 지나가고, 극히 소수가 말없이 동전을 건네고 갔다. 요컨대 별로 팔리지 않는다.

우리 가게는 어딘가의 고서점 비평가에게 "책이 마니아적인 것은 그렇다 치고 통일감이 없다"라는 소리를 들은 적 있다. 내가 좋다고 판단한 책들을 모으다 보니 아무래도 그렇게 된다. 즉 내가 좋아하는 책이 편향된 데다 일관성이 없다. 독서가에게 책이란 그런 것 아닌가.

헌책방을 시작한 지 10년이 지났다. 쉰두 살 때 탈샐러리맨을 하고 차렸다. 아내는 있고 자식은 없다. 다섯 살 연상인 아내, 후키코는 당시 고등학교 수학 교사였지만, 지금은 퇴직해서 구몬학습 교실에서 일하고 있다. 감정에 휩쓸

리지 않고 머리를 써서 효율성 있게 움직이는 걸 좋아하는 사람이다. 게다가 수학을 무척이나 좋아하는 사람으로 나와는 정반대인 성격.

"수고."

후키코를 생각하고 있을 때 본인이 불쑥 나타났다. 깜짝 놀랐다.

"좀 쉬고 오는 게 어떻노? 가게 봐줄게."

그러고 보니 오늘 아침 "갈 수 있음 갈게." 하고 말했다. 지금까지 후키코는 가게에 선 적이 없다. 이따금 낮에 도시락을 갖다주는 정도다.

내 장사에 흥미가 없어 보여서 개의치 않았지만, 오늘은 무슨 바람이 불어서 온 걸까.

작은 냉장 박스를 어깨에 메고 있다. 아무 말도 하지 않고 지퍼를 열어서 딱딱한 보냉재를 꺼내더니 내게 내밀었다. 나도 잠자코 받아들고 수건 속의 것과 교환했다. 냉장 박스에는 차가운 캔 주스도 들어 있다.

"물통도 갖고 왔어. 시원한 차, 이제 떨어졌지?"

"고마워. 가격표 붙은 대로 팔면 돼. 그럼 갔다 올게."

나는 물통과 지참한 주먹밥을 들고 텐트를 나왔다. 너무 완벽한 아내도 젊어 보이긴 하지만 예순일곱 살이다. 불볕 더위 속에 장시간 혼자 일하게 두는 건 미안하다. 게다가 손님이 질문이라도 하면 아무것도 대답하지 못할 것이다. 나는 화장실부터 다녀온 뒤 참배길 옆 벤치에 앉아서 서둘러 주먹밥을 먹고 차를 마셨다.

오가는 사람들의 흐름을 멍하니 바라보면서 "잘했어." 하고 몇 번째인가 생각한다.

10년 전, 회사를 그만두고 헌책방을 하고 싶다고 했을 때, 후키코는 "마음대로 해"라고만 했다. 말하긴 뭣하지만, 당시의 나는 임원직이어서 상당한 연봉을 받았다. 그래서 그렇게 순순히 허락하리라곤 생각지도 못해서 무척 놀랐다. 장사의 ㅈ자도 모르는 내가 이문이 많이 남지도 않을 고서점을 하겠다는데 아내는 참견하지 않았다. 후키코는 평소에도 담백해서 무슨 생각을 하는지, 혹은 아무 생각도 없는지, 잘 알 수가 없다.

솔직히 말하면 후키코가 안정된 직업을 갖고 있어서 믿는 구석이 있었던 것도 부인할 수 없다. 아무튼 오늘날까지 빠듯하긴 해도 그럭저럭 가게를 꾸려왔다. 하지만 회사원 생활을 계속했더라면 더 편안한 생활을 하게 해주었을 텐데, 라고 생각하기도 한다.

사실은 무리하고 있는 걸까. 후키코는 결혼한 걸 후회하고 있을까.

그것은 되풀이해서 싹트는 의심이었지만, 지금까지 한

번도 입 밖에 내지 않았다.

잠시 쉬었다가 돌아오는 길에 한 텐트에서 낯익은 얼굴을 보았다.

푸근하게 웃는 얼굴이 "어어, 요시하라 씨." 하고 나를 불러 세웠다. 고서점 조합에서 신세를 지고 있는 에다스기 씨다.

"에다스기 씨 텐트, 여기였어요? 잘 팔립니까?"

내가 묻자, 에다스기 씨는 "그저 그렇습니다." 하고 만족스럽게 웃었다.

이건 그저 그런 게 아니라 아주 잘되고 있구먼. 나는 속으로 혼잣말을 하면서 "그렇군요." 하고 끄덕였다.

"참, 요시하라 씨, 그거, 드디어 구했어요."

"그거라니요?"

에다스기 씨는 입꼬리를 씩 올리며 비밀스럽게 대답했다.

"그거요. 요시하라 씨도 간절히 갖고 싶어 한…… 다자이요."

눈이 번쩍 떠졌다.

그것은, 그것은, 그것은, 다자이 오사무의 《만년》 초판을 말하는 건가. 조합원인 고미야마 씨가 경매에서 떨어져 분하게 여겼던 그것인가.

"띠지까지 있는 언컷의 깨끗한 책이더라고요."

"좋네요, 좋네. 얼마 줬어요?"

"-----200만!"

나는 크헉 하고 놀라며 양팔을 펼치고, 에다스기 씨는 흥분해서 콧구멍을 벌렁거렸다. 남자 둘이 흥분하고 있을 때, 손님이 "저기요" 하고 불렀다. 에다스기 씨는 "예엡!" 하고 씩씩하게 대답하고, 나는 가볍게 인사한 뒤 자리를 떴다.

좋겠다,《만년》초판이라니, 그것도 언컷으로.

언컷이란 횡단면을 재단하지 않고 제본한 책을 말한다. 구매한 사람은 페이퍼나이프로 직접 자르면서 읽는 것이다. 얼마나 심오한가.

《만년》초판 언컷은 희소가치가 대단하다. 고미야마 씨가 경매에서 떨어진 것은 거기에 다자이의 사인이 들어가서 300만 엔 가까이 가격이 치솟은 때문.

고서 수집가에게는 그리 진기한 금액이 아니다. 몇 천만 엔의 고가로 거래되는 책도 종종 있다.

우리 텐트로 돌아오자 후키코는 계산대 구석의 파이프 의자에 앉아서 볼펜을 돌리며 스도쿠를 하고 있었다. 한정된 네모 칸 속에 숫자를 넣는 퍼즐 게임이다.

"다녀왔어."

"에구, 빨리 왔네, 좀 천천히 쉬다 오지 그랬어."

"지금 조합 사람을 만났는데 다자이의 《만년》 초판을 200만 엔에 샀대."

"어머, 오늘 여기서 팔았나?"

"팔 리가 있나."

내가 고개를 젓자, 후키코는 "그렇구나." 하고 볼펜 꼭지를 이마에 댔다. 헌책이 그렇게 고가에 팔리는 것이 전혀 이해되지 않는 것 같다.

그런 책은 고미야마 씨도 에다스기 씨도 가게 앞에 전시는 할지 모르지만, 팔 마음은 없을 것이다. '갖고 있다'라는 것이 자랑스럽고 기쁜 것이다.

"손님에게 팔지 않을 거면 헌책방 주인들끼리 서로 돌려서 뭐 한다는 거야?"

후키코가 어이없다는 듯이 웃었다. 이럴 때도 후키코는 남편이 헌책방을 하는 게 사실은 싫은 게 아닐까 생각하게 된다.

아무 보고가 없는 걸 보니 내가 휴식 중에 판매는 제로였던 것 같다. 스도쿠를 할 정도이니 한가했던 게 분명하다. 의자는 한 개밖에 없어서 후키코를 앉힌 채 나는 옆에 서서 달랑거리는 가격표를 다시 붙였다.

그때 대학생으로 보이는 젊은 커플이 지나갔다. 두 사람은 손을 꼭 잡고 비어 있는 쪽 손에는 제각기 페트병과 부채를 들고 있다. 연인일까.

남자 쪽이 갑자기 몸을 비틀며 소리쳤다.

"아앗! 말미잘 탐정!"

제일 끝에 있는 100엔 균일 책 상자에 꽂혀 있는 만화가 눈에 띈 것 같다. 동공이 열린 눈, 반쯤 벌어진 입. 기쁨이 번졌다.

이미 다른 텐트로 가고 있던 여자가 잡고 있던 손에 이끌려서 되돌아보았다.

"뭐야, 말미잘이라니!"

여자는 얼굴을 일그러뜨리며 웃었다. 남자는 쥐고 있던 부채를 반대편 겨드랑이에 끼고 어색한 자세로 만화에 손을 뻗쳤다. 어떡하든 그녀의 손은 놓지 않는구나, 하고 나는 묘한 부분에서 감탄했다.

"잠깐만, 다카하루, 설마 살려고? 이 그림, 징그러워."

여자가 미간을 찡그리며 그렇게 말한 순간, 다카하루라는 남자는 예상 밖의 이물질을 입에 넣은 듯한 얼굴을 했다. 그리고 "하하" 하고 힘없이 웃더니 일단 만화에 댔던 손을 떼고 부채를 고쳐들었다.

두 사람은 그대로 갔지만, 나는 무심히 그 만화를 상자에서 치웠다. 《말미잘 탐정》. 전3권 완결판 중, 여기에는 2권 한 권만 있다.

발행은 20년 정도 전이다. 작가인 오토즈카 붕이 초기에 그린 소년 대상 작품이다. 그렇게 화제성 있는 만화는 아니었고, 그림이 유치하고 음산하기도 하다. 오토즈카 붕은 이후 몇 작품을 내고 만 것으로 기억한다. 저렇게 젊은 사람이 아는 게 신기하다.

주인공은 머리가 말미잘이고 몸은 사람인 탐정이다. 개그 만화이긴 하지만, 스토리는 아주 깊이가 있고 이따금 눈시울이 뜨거워지기도 한다. 그는 정의 그 자체이면서 자기가 독을 갖고 있다는 사실에 괴로워하는 섬세한 남자다.

이 책은 흘러 흘러 우리 가게에 오게 된 2권뿐인 자투리였다. 솔직히 나도 그렇게까지 애정이 있는 책은 아니다. 하지만 말미잘 탐정을 좋아하는 독자가 반드시 있을 거라는 확신이 있었다.

세상에 책은 많다. 아니, 많고 많고 많고 또 많다. 끊임없이 나오고 끊임없이 사라져간다.

그래서 이런 식으로 덜렁 남겨진 한 권을 내가 맡아 있어도 되지 않을까, 생각했다. 그 단 한 권을 찾아 헤매는 누군가를 천천히 기다리자고.

"저기."

부르는 소리에 마치 손뼉을 치듯이 가슴이 쿵 울렸다.

봐라, 왔다. 땀을 흘리면서 헉헉거리고.

"말미잘 탐정, 팔렸어요?"

다카하루다. 상자 속에 보이지 않아서 아연했을 것이다. 안타까운 목소리로 묻는 그에게 나는 만면에 미소를 띠며 책을 내밀었다.

"잘 치워두었죠."

다카하루는 놀라서 눈을 반짝거렸다.

"예엣? 감사합니다! 제가 다시 올 걸 아셨어요?"

"오랜 세월의 감이죠."

청바지 뒷주머니에서 지갑을 꺼내 다카하루는 100엔을 건넸다. 그리고 보니 부채는 등 쪽 허리춤에 꽂혀 있다.

나는 종이봉투에 책을 넣어 건넸다. 다카하루는 그걸 두 손으로 받아들었다. 이것으로《말미잘 탐정》2권은 그의 것이 됐다.

"이 만화, 중학생 때 공민관 리사이클 코너에 딱 한 권 있었어요. 마음대로 가져가세요, 하고 사람들이 갖다놓는 곳. 마음에 들어서 집에 갖고 왔는데 엄청나게 재미있어서 나머지 두 권도 사고 싶었는데요. 오래된 만화여서 보통 책방에는 아예 없고, 조사해보니 절판이 됐대요. 고등학교에 들어간 뒤 헌책방에서 간신히 3권은 샀는데, 아무리 찾아도 2권이 보이지 않았어요."

"그렇게 긴 여정이 있었군요. 빠진 책 찾는 것, 의외로 힘들죠."

"기쁩니다, 다 모아서. 1권에서 3권으로 건너뛰었더니 느닷없이 흰동가리 부경이란 캐릭터가 말미잘 탐정 부인이 돼 있어서 깜짝 놀랐어요. 이제 드디어 두 사람이 어떻게 만났는지 알겠군요."

다카하루는 내게 뺨이라도 비빌 듯이 기뻐했다.

"여자친구는?"

"화장실에 간다고 해서 그 틈에."

오호, 과연 거기까지는 손을 잡고 있을 수 없다. 다카하루는 문득 고개를 숙이더니 혼잣말처럼 중얼거렸다.

"……징그럽다고 해서 취향 이상한 사람이라 생각할까 봐요. 여자친구와는 성격도 좋아하는 것도 좀 많이 달라서 제가 되도록 맞추려고 노력하는데."

그때까지 잠자코 있던 후키코가 느긋하게 말했다.

"맞추지 않아도 괜찮아요."

헉, 하고 다카하루가 얼굴을 들었다. 후키코가 계속 말했다.

"게다가 좋아하는 거나 취미는 완전히 똑같지 않아도 괜찮잖아요. 성격이 다른 편이 오히려 잘 맞을 수도 있어요."

내가 놀라서 후키코에게 시선을 보내는 것과 다카하루가 "그런가" 하고 중얼거린 것은 거의 동시였다.

"그러네요. 말미잘과 흰동가리도 다른 생물이지만 상부상조했어요."

다카하루는 그렇게 말하면서 음음하고 끄덕거리더니, "그럼!" 하고 한 손을 들어 보이고는 달려갔다. 다른 한쪽 손으로 책을 꼭 들고.

"당신 옆에서 처음으로 책 파는 것 보며 좀 알게 됐어."

캔 주스를 한 모금 마시고 후키코가 말했다.

"저 책, 다카하루 씨가 찾으러 올 거란 걸 알고 있었구나. 오랜 시간, 이곳에서 가만히 기다리고 있어주었네."

"……응."

그렇다.

기다리고 있는 것은 나뿐만이 아니라 책도 함께다. 그것을 후키코가 느껴준 것이 기뻤다. 지금부터 다카하루 씨가 책과 얼마나 행복한 시간을 보낼까 생각하니, 정말로 흡족한 기분이 들었다. 나는 서로를 만나게 해주었다.

"좋은 일 하네. 당신."

갑작스러운 후키코의 다정한 목소리에 눈물이 주르륵 흘렀다.

그건 나도 생각하지 못한 일이어서 얼른 수건 끝으로 얼굴 땀을 닦았다.

후키코는 보지 못했는지 굳이 보지 않은 척하는지 책들 있는 쪽으로 가며 말했다.

"나 있잖아, 당신이 회사 그만둔다고 했을 때, 마음이 턱 놓이더라."

"응?"

"게다가 헌책방 한다고 했잖아. 아, 잘됐다 싶더라고. 당신, 회사 다닐 때, 늘 무리하느라 예민해서 사람들한테 까칠하게 화내고 그랬잖아. 그런 자기 모습이 싫어서."

그랬다. 남을 걷어차면서 열심히 성과를 내도 뭔가 이게 아니라고 느꼈다. 내 속에 질투와 교만함이 솟구치는 것이 힘들었다. 마치 독을 품은 자기 몸 때문에 괴로워하는 말미잘 탐정처럼.

"……후키코는 불안하지 않았어? 돈 문제라든가 정말로 잘 해나갈 수 있을까 하고."

"뭐, 하나도 없었다고 하면 거짓말이겠지만. 그래도 그때까지 회사에서 열심히 일해서 모아놓은 것도 있고, 이대로라면 이 사람 망가지지 않을까 오히려 그런 걱정을 했지. 헌책방은 잘 모르는 세계지만, 당신이 당신답게 있을 수 있다면 그편이 몇 배 더 재미있을 거라고. 나도 줄곧 내 좋은 대로 살아왔고."

그런가, 그랬구나. 그렇게 생각해주었구나.

맞추지 않아도 괜찮아요. 아까 후키코가 한 말이 떠올랐다. 확실히 후키코는 절대 내게 맞추려고 하지 않는다. 자기 길을 스스로 지키며 걸어가면서 나를 존중해주었다. 줄곧.

다행이다, 나는 틀리지 않았다. 후키코는 그렇게 따스한 마음으로 지켜봐주었다. 내 인생에서 빠진 '2권'을 지금 겨우 읽은 기분이다.

"그라고 나, 옛날보다 지금 당신이 더 좋다."

우와 하고 소리를 지를 뻔해서 나는 또 얼른 수건으로 얼굴을 가렸다.

나는 얼마나 행복한 일을 하는 건가.

내 옆에 있는 흰둥가리는 얼마나 사랑스러운가.

"덥네, 오늘은 억수로 덥네."

얼굴에서 수건을 떼지 못한 채, 나는 그저 그 말만 되풀이했다.

다다스의 숲에 울리는 매미 울음소리가 한층 더 커지더니 친절하게 내 작은 오열을 지워주었다.

9

삼각주의
소나무
아래서

9월/Kyoto

태어나서 처음 생긴 여자친구에게 한 달 만에 차였다.

아이치현 변두리에 있는 작은 마을에서 교토에 있는 대학에 진학하고, 동시에 가입한 이벤트 동아리에서 만난 지카게에게 나는 거의 첫눈에 반했다.

4월, 5월, 6월, 7월, 시행착오를 거듭하며 대시한 끝에 겨우 오케이를 받은 것이 8월 초. 날아오를 듯한 기분도 잠시, 지카게의 '헤어지자'라는 라인 한 줄로 모든 것이 끝나버렸다. 아직 일주일밖에 지나지 않았다.

무얼 하는 이벤트 동아리인가 하면 노래방을 가거나 테니스를 치거나, 여행을 하는 등, 요는 멤버들이 즐겁게 노는 것이 활동 목적이었다. 오늘은 볼링을 치러 간 뒤, 더 으쌰으쌰 놀고 싶은 멤버 일곱 명은 가모가와강 델타에 갔다.

가모가와강과 다카노가와강이 Y자로 흐르다 합류하는 삼각주다.

나는 외로이 있는 소나무 아래에 혼자 앉아 있었다. 이 소나무는 데마치바시 다리를 뒤로하고 가모가와강 가까이에 솟아 있다. 나지막하게 언덕진 이곳 앞쪽으로는 석조 계단이 있고, 계단을 내려간 곳에서 이어지는 뾰족한 삼각주 끝에 지카게가 있었다. 돌바닥에 남녀가 앉아 무슨 얘길 하는지 이따금 까르르 웃는 소리만 들려온다.

동아리 내의 연애는 사귈 때도 헤어질 때도 눈 깜짝할 사이에 소문이 퍼진다. 내가 아무 말 하지 않아도 다들 상황을 눈치챈 듯 동정 어린 시선을 보내는 게 괴로웠다.

교토 부잣집 따님들이 다니는 고등학교 출신의 지카게가 어째서 나와 사귀는지 의문으로 생각하는 녀석들도 많았을 것이다. 지카게뿐만 아니라 다른 멤버들도 귀족처럼 세련됐다. 입학식 때 받은 전단을 보고 무심히 들어간 동아리는 부속 중학교나 고등학교에서 그대로 올라와서 이미 무리가 형성되어 있거나, 집안이 유복하고 잘난 녀석들뿐이어서 시골 촌놈에다 보잘것없는 나는 그 자리에 어울리지 않았다.

그런데 왜 이 동아리에 들어와서 볼링이 끝난 뒤에도 돌아가지 않고 어슬렁거리는가 하면 만에 하나의 소원이지만, 지카게 옆에 있다 보면 다시 시작할 기회가 있을지도 모른다고 생각해서다. 실제로는 이렇게 멀리 떨어져서 바라보기만 하는 주제에.

9월 중순, 오후 5시의 하늘은 아직 밝다. 근처 벤치에서 커플이 서로 몸을 기대고 얘기를 하고 있다. 강을 사이에 두고 건너편 둑에서는 자전거를 타거나 조깅하는 사람의 모습이 오갔다.

스케치북을 안은 외국인 남성이 다가와서 내가 있는 곳과 반대인 다카노가와 강가 돌담에 앉았다. 저곳에서 그림을 그리는구나 하고 보고 있다가 눈이 마주치자, 그가 상냥하게 미소를 건넸다. 당황했지만 나도 경련이 이는 미소로 답례했다.

"어, 다카하루."

갑자기 누가 말을 걸어서 얼굴을 드니 동기인 사네아쓰가 있었다. 동아리 회원은 아닌데, 마침 삼각주에 놀러온 모양이다. 낡은 버튼다운 셔츠에 저지 바지라는 우스꽝스러운 차림은 평소와 다름없다.

대작가처럼 엄숙한 이름을 갖고 있지만, 뒤에서는 '바게쓰'라고 부른다. 청소 때 사용하는 파란색 플라스틱 양동이를 가방 대신 들고 다니기 때문이다. 교과서, 지갑, 스마트폰, 음식물, 수건, 본 적 없는 캐릭터의 마스코트, 너덜너덜

한 포켓 시집. 온갖 것을 다 때려 넣어서 다닌다.

"좋은 데 있네, 마침 잘 만났다. 이거, 아까 다 읽었다. 돌려줄게. 고맙다."

사네아쓰는 양동이에서 종이가방을 꺼내서 건넸다. 내가 빌려준 만화책 세 권이다. 알고는 있었지만, 아끼는 책이 지저분한 양동이에서 나와서 나는 조금 짜증이 났다.

"정말 뭐든 양동이에 넣어 다니네."

약간 야유 섞인 어조가 됐지만, 사네아쓰는 개의치 않는 모습이었다.

"그래, 뭐든지 바로 꺼낼 수 있어서 좋다. 튼튼하고, 아무 데나 놓을 수 있고. 여기, 되나?"

앉아도 되냐는 말이다. 살짝 갈등이 생겼다. 동아리 사람들에게 이런 괴짜인 사네아쓰와 친하게 보이기 싫다. 어쩌다 만화책을 빌려준 것뿐이다.

그러나 사네아쓰는 대답을 기다리지 않고 나무 밑동에 양동이를 내려놓고 내 옆에 앉았다. 양동이에서 펩시콜라 페트병을 꺼내서 한 모금 마시더니 다시 돌려놓았다.

인정하고 싶지 않지만, 확실히 사용하기 편할 것 같았다. 회식 때조차 그 양동이를 들고 왔다는 소문을 들었을 때는 웃었지만, 오늘처럼 야외에서는 오히려 뭔가 제 역할을 하는 것 같다.

"그런데 양동이라고 다 되는 게 아니고 나름대로 규칙이 있다. 크기는 5리터, 손잡이는 타원형이어야 장시간 들고 다니기 편하다."

"……아하."

"아, 근데 요전에 노린재가 들어온 걸 몰라서 식겁했다."

나는 엉겁결에 미간을 찡그리고 만화책이 들어 있는 종이봉투 냄새를 맡았다. 무사한 것을 확인하고 내 륙색에 넣으려고 할 때 사네아쓰가 말했다.

"말미잘 탐정, 존나 재미있더라."

"그렇지?"

끄덕이면서 역시 이 만화가 문제였나 생각했다. 나는 종이봉투에서 만화책을 반쯤 꺼내 표지를 보았다. "이 그림, 징그러워." 하고 말한 지카게를 떠올렸다.

오봉 때, 가모가와 신사에서 열린 헌책 축제에서 그렇게 오랫동안 찾아 헤맸던 만화 2권을 발견했다. 지카게가 눈치채지 못하도록 사서 숨기려고 했는데, 산 것이 기뻐서 그만 "이거 샀어." 하고 보여주고 말았다. 웃지 않을까 생각했지만, 지카게는 웃지 않았다. 굳은 얼굴로 시선을 돌려서 나는 황급히 지카게가 기뻐할 만한 화제로 바꾸었다. 하지만 그 이후, 왠지 대화가 자꾸 끊기는 듯한 기분이 들었다.

이별 선언을 들어서 의기소침했던 지난주에 학교 식당에서 만화책을 읽고 있는 사네아쓰를 보았다. 넌지시 들여다보니 표지에 오토즈카 붕이라고 쓰여 있어서 놀랐다. 말미잘 탐정 작가다. '멜랑코리쿠 피카타'라는 내가 모르는 작품이었다.

그래서 평소에는 좀처럼 얘기할 일 없는 사네아쓰에게 나도 모르게 말을 걸고 말았다. 상심하여 불안정한 심리에 그런 행동을 했을지도 모른다. 그런 흐름으로 만화책을 빌려주고 빌리고 하게 된 것이다.

사네아쓰가 빌려준 '멜랑코리쿠 피카타'는 지난달에 갓 나온 것이었다. 오토즈카 붕은 이제 만화가로 활동하지 않는 줄 알았는데, 잘 찾아보니 일러스트나 디자인 일을 계속하고 있었던 것 같다. 마이너한 엔터테인먼트계 잡지에 연재하는 4컷 만화가 책으로 나왔다.

앞쪽에서 갑자기 와~ 하는 소리가 났다. 삼각주 끝을 보니 여자아이 세 명이 징검돌을 건너고 있다.

삼각주에서 언덕 쪽으로 건널 수 있도록 놓인 몇 개의 커다란 돌이다. 지카게도 폴짝폴짝 뛰고 있다. 반바지 아래로 쭉 뻗은 하얀 다리가 거북이 모양을 한 커다란 돌 위에 착지했다.

……역시 귀엽네. 나는 한숨을 쉬었다.

라인으로 헤어지자고 해서 마음에 안 드는 점은 전부 고칠 테니 말해달라고 애원했더니, 난감한 얼굴의 이모티콘과 함께 "다카하루는 나쁘진 않은데." 하고 답장이 왔다. 나쁘지는 않지만 좋지도 않다는 것이다. 요컨대 세모. 합격점에는 미치지 못한다.

그렇게 옆에 붙어 있었는데, 떨어지지 않도록 손을 꼭 잡고 있었는데, 지금의 내게 지카게는 해나 달과 마찬가지로 멀다. 엉겁결에 눈물이 날 것 같아서 나는 위를 보았다.

"……어."

하늘을 올려다보며 우는 것을 얼버무리느라 나는 중얼거렸다.

"낮에도 달이 보이잖아. 오늘은 보이지 않네."

"그야 그렇겠지. 오늘 밤, 보름달인걸."

"응? 보름달이면 보이지 않냐?"

사네아쓰는 소나무 그루에 기대어서 하늘을 가리키며 말했다.

"보름달은 해의 반대쪽에 있으니까 일몰 때 동쪽에서 떠올라 서쪽으로 지잖아. 그러니까 파란 하늘에 보름달이 보이는 일은 없어. 낮에 곧잘 보이는 것은 낮에 뜨는 상현달이야. 오른쪽 반이 동그란 것."

사네아쓰의 설명에 따르면 왼쪽의 다카노가와강이 동

쪽, 오른쪽의 가모가와강이 서쪽인 것 같다. 나도 모르게 사네아쓰가 멋있게 보여서 탄성을 질렀다.

"너 굉장히 잘 아는구나."

"게다가 오늘 음력 8월 보름이잖아. 보름달 중의 보름달이 뜨지. 나, 오늘 밤에는 여기서 이대로 달 구경하려고 온 거야."

오래 있으려고 작정하고 온 사네아쓰의 양동이 속에는 빵과 경단, 스낵 과자에 새 잡지도 들어 있었다.

"아, 이거, 오토즈카 붕의."

내가 잡지를 가리키자 사네아쓰는 "맞아, 맞아!" 하고 들뜬 목소리로 말했다.

4컷 만화 연재물인 '멜랑코리쿠 피카타'가 실린 엔터테인먼트 잡지다. 사네아쓰는 연재를 다 읽었지만, 책으로 또 살 만큼 이 만화를 좋아하는 것 같다. 잡지를 넘기면서 사네아쓰가 고개를 갸웃거렸다.

"이렇게 열성 팬이 있는데 오토즈카 붕은 어째서 팔리지 않을까."

나는 음, 하고 한 박자 두고 대답했다.

"4컷도 재미있지만, 난 오토즈카 붕의 진짜 장점은 스토리 전개라고 생각해. 콱 와서 박히는 대사도 있고. 이제 장편은 그리지 않으려나. 《말미잘 탐정》 읽고 나서 여기는 이렇게 하면 더 좋아질 텐데, 이런 점이 멋지니까 더 강조하지, 싶은 데가 많았는데."

"그 말, 오토즈카 붕이 들으면 기뻐서 울겠다. 다카하루, 졸업하면 편집자가 돼봐."

"아냐, 무리야. 출판사는 좁은 문이고, 하물며 편집자라니."

"그래도 누군가는 하잖아. 너도 그 누군가가 되면 되지."

그야 그렇지만.

솔직히 말하면 생각한 적이 없는 것도 아니다. 실제로 우리 학교 졸업생이 만화도 내는 대형 출판사에 취직한 것도 입시 치르기 전부터 알고 있었다.

그러나 지금의 나는 그런 향상심 같은 것을 완전히 잃어버렸다. 그 이유는 '어떻게 노력해야 좋을지 모르기 때문이다'. 취업이 수학이나 영어 필기시험만으로 합격이 결정된다면 이느 정도 희망을 품을 수 있다.

내가 다니는 대학은 세간에서 흔히 말하는 명문대로 특히 우리 지역처럼 작은 시골에서는 그 대학에 합격했다는 것만으로도 대단하게 보았다.

고등학교 때까지는 노력하는 방법을 알기 쉬웠다. 명문대에 합격하겠다는 목표를 달성하기 위해 시험 점수가 우열을 명확히 알려주었기 때문이다. 남자 고등학교여서 여자 아이와 얘기하는 일도 거의 없었고, 교복을 입어서 사복에 관심도 없었지만, 그런 '아이템'에 필요성을 느낀 적도 없었다. 성적순인 피라미드에서는 언제나 정상에 있어서 학교에서도 친척들에게서도 다카하루는 대단해, 하고 칭찬받았고, 그걸로 꽤 우쭐했다.

하지만 대학 생활이 시작된 뒤부터 곤혹스러워졌다. 이곳에서는 우열과 좋고 나쁨의 기준이 숫자뿐만 아니라 더 감각적인 무언가에 있었다. 그래서 나는 언제나 삼각형 밑변에 있는 기분이 들었다.

그리고 이 기분은 대학 생활을 마치고 사회인이 된 뒤에도 줄곧 이어질 것이다. 내 인생의 눈부신 절정은 아마 대학에 현역 합격했을 때로, 거기서부터 하강하기만 했다고 생각한다.

열심히 하려고 하면 할수록 점점 더 알 수 없어진다. 어떻게 하면 좋을지 모르는 연애, 어떻게 맞춰 입으면 좋을지 모르는 패션, 어떻게 얘기하면 인기가 있을지 모르는 토크. 단 한 가지 아는 것은 내가 압도적으로 촌스럽고 돈도 센스도 없다는 것뿐이다.

"어, 우리 학교 놈들이네."

이제야 발견했는지 사네아쓰가 앞쪽을 보면서 말했다.

"응. 우리 동아리 애들이야."

"저기 안 가도 돼?"

나는 고개를 숙였다.

"……입학하고 반년째 노력해봤거든. 무시당하지 않으려고 옷이나 소지품 같은 것 무리해서 아이들 따라 하고. 근데 처음부터 달랐어. 저 아이들은 태어나면서부터 삼각형의 꼭짓점이야. 이 대학에 들어올 정도의 머리와 환경이 있고, 외모도 수려하고, 집도 부자고, 빈틈이 없고. 나는 줄곧 그 밑변에 있었던 거야. 그야말로 지금 있는 이 장소처럼."

데마치바시 다리를 밑변으로 해서 그 언저리에 우두커니 앉아 있는 나.

뾰족한 삼각주 끝 돌바닥에서 신나게 놀고 있는 지카게네.

턱에 손가락을 대면서 사네아쓰가 말했다.

"으음, 이른바 신분제도 같은 것?"

"뭐, 그런 거지. 나는 저런 식으로 빛나는 일이 아마 평생 없을 거야."

그랬더니 사네아쓰가 갑자기 벌떡 일어나서 나를 빤히 쳐다보았다.

"저쪽만 보고 있으니 그렇지. 몸의 방향을 바꾸면 세상이 완전히 달라진다니까."

그리고 소나무를 90도로 돌아서 가모가와강을 정면으

로 보고 섰다. 사네아쓰가 재촉해서 나도 옆에 나란히 섰다. 등뒤에 있던 다리가 오른쪽 옆이 되고, 바로 아래에 강의 심연이 보였다.

"봐, 이쪽으로 향하니까 바로 저기가 삼각형의 꼭짓점이지!"

……정말이다.

웃어버렸다. 마술처럼 감동적이었다. 머릿속에서 삼각형 방향이 획 바뀌었다. 밑바닥에 있다고 생각한 나는 좀 전까지와 완전히 달라져서 이 삼각 지대의 꼭짓점에 서 있다.

이렇게 되고 보니 갑자기 이런저런 일이 바보같이 느껴졌다. 그저 눈앞에 흐르는 강물 소리가 기분 좋고 잔잔하게 흔들리는 수면이 예쁘다.

"사람이 빛나는 장소도 타이밍도 제각각이라고 생각해."

사네아쓰의 말에 나는 삼각주를 한 바퀴 휘 둘러보았다.

하천 바닥에 주저앉아서 문고 책을 읽고 있는 회사원, 잔디밭에 누워서 낮잠 자는 아저씨, 계단에서 비누 방울 놀이를 하는 부모와 아이. 그리고 한 그루 소나무 아래에 있는 우리. 삼각주 어디나 제각각의 즐거움이 있는 장소에서 저마다 즐겁게 지내고 있다. 어려운 수학 문제를 푼 것처럼 갑자기 머리가 깨끗해졌다.

애초에 우열이 뭐야? 꼭짓점이며 밑변이 뭐냐고? 숫자로 측정할 수 없는 것이니 더욱더 어디가 제일 좋은지 비교할 수 없는 건데. 내가 모두에게 무시당할까 봐 두려워한 것은 지금까지 나 자신이 나보다 성적이 낮은 반 친구를 마음 어딘가에서 무시했다는 증거가 아닐까. 그들이 내가 모르는 어떤 풍요로운 경험을 했을지는 상상조차 하지 않고.

해가 제법 기울었다.

낮에는 더울 정도였는데 슬슬 쌀쌀해졌다. 문득 동아리 아이들 쪽을 보니, 징검돌에서 뭍으로 돌아온 지카게가 칠부 소매를 입은 두 팔을 문지르고 있다.

다음 순간, 구라모토라는 금빛 염색을 한 녀석이 자기 점퍼를 벗어서 지카게에게 다정하게 덮어주었다. 지카게는 자연스러운 몸짓으로 폭신한 점퍼를 입으며 구라모토에게 빙그레 웃어주었다.

번쩍, 하고 눈이 뜨이는 듯한 느낌이었다.

……아아, 뭐야. 그런 건가.

말미잘 탐정이 나쁜 게 아니었다.

지카게는 이미 다음 상대를 찾아두고 있었다.

그걸 보면서 별로 충격을 받지 않는 내가 있었다.

사귀는 동안, 나는 늘 조마조마했다. 지카게 마음에 드는 사람이 되려고, 같이 있으면 자신감을 갖지 못하는 상대에게 필사적으로 소모하고 있었다.

겨우 깨달았다. 그것은 내가 빛나기 위한 노력과는 다르다는 것.

소나무 밑동에 놓인 보름달처럼 동그란 양동이에는 사네아쓰의 세계가 채워져 있다.

나도 이런 식으로 정말로 좋아하는 것과 소중한 것, 알고 싶은 것을 더, 더 모아가야겠다고 생각했다. 당장은 누군가에게 인정받지 못하더라도 내게 기분 좋은 장소에서, 내가 하고 싶은 타이밍에.

아직 우리에게는 모습을 보이지 않은 달도 지금 바로 저곳에서 몰래 커져가며 차례를 기다리고 있다.

돌바닥에 있던 아이들이 계단을 올라왔다. 무리 지어서 와자지껄 이쪽을 향해 걸어왔다. 나는 차분한 마음으로 그 광경을 보고 있었다.

"다카하루는 아직 안 갈 거야?"

지나가던 구라모토가 말했다. 지카게는 이쪽을 보려고도 하지 않았다. 내가 있다는 걸 알고 있어서 무시하기로 한 것이다.

나는 또렷하게 대답했다.

"응, 오늘은 사네아쓰하고 지금부터 중요한 이벤트가 있어서."

구라모토는 흥미 없다는 듯이 '흐응' 하고는 다른 아이들과 즐거워하며 지나갔다.

지카게의 뒷모습을 지켜보면서, 달랑 한 달이었지만 오케이를 받고 사귄 나는 꽤 멋있었잖아, 하고 처음으로 생각했다.

고마워, 지카게.

햇살을 받아 반짝반짝 빛나는 지카게에게 제대로 안녕이란 말을 한 것 같다.

오렌지색으로 물든 노을 진 강가에 해가 저물고 있다.

달이 떠오르기를 기다리면서 나는 설레는 마음으로 앞으로 해야 할 일을 생각했다. 여러 곳에 가서 여러 사람을 만나 여러 경험을 하고. 책도 많이 읽을 거야. 연애도 할 거야. 어째서 벌써 인생이 끝난 것처럼 있었던 거지. 아직 시작도 하지 않았는데.

　오토즈카 붕은 기다려줄까. 내가 출판사에 들어가서 어엿한 만화 편집자가 될 때까지.

　왜가리 한 마리가 강 너머로 날아가는 것이 보였다.

　보름달.

　파란 하늘에 몸을 숨기고 있던 보름달이 빛나는 것은 이제부터 찾아올 아름다운 칠흑의 밤하늘에서다.

10

캥거루가 기다리고 있다

10월/Kyoto

뭔가 묘하게 가슴 설레는 이 달콤한 향은 금목서라는 꽃에서 나는 거라고 한다.

코끝을 톡 쏠 정도로 강해서 얼마나 큰 꽃송이인가 했더니 일반 가정의 정원에 심어진 작고 작은 오렌지색 꽃이 가지에 밀집해 있어서 놀랐다.

해마다 10월에 들어서면 일본 곳곳에서 이 향이 온 동네에 흐르기 시작한다. 교토도 예외가 아니어서, 정확히 오늘은 10월 1일이다. 나처럼 시간에 느슨한 호주 사람은 식물 시계의 정확함을 조금은 배우는 편이 좋을지도 모른다.

"금목서, 마크는 처음 봤지? 시드니에서는 좀처럼 심지 않으니까."

나의 소중한 친구가 말했다. 일본인으로 쉰 살이 조금

넘었으니 나보다 열두 살 정도 연상이다. 훈훈한 풍모로 사람을 편안하게 하는가 하면 이따금 매몰차게 날카로운 소리를 하기도 한다. 정말로 재미있고 자극적인 사람이다.

그는 '마스터'라고 불린다. 호주의 대학원 석사 학위를 갖고 있어서라고 생각했지만, 달리도 이유가 있는 것 같다. 도쿄에서는 커피숍 마스터도 하고 있다고 들었다.

"응. 향이 좋네."

내가 대답하자, 마스터는 고개를 갸웃거렸다.

"맞아. 근데 뭔가 좀 서글픈 기분도 들지."

"그래? 어째서?"

"음, 설명하기 어렵지만 아마 그런 일본인 많이 있을 거야. 금목서 향이 나면 아아, 가을이구나, 하는 느낌에 센티멘털해지거든."

일본어를 할 줄 모르는 내게 그는 언제나 유창한 영어로 말한다. 이 경우의 '설명하기 어렵다'란 영어로 말하기 어려운 게 아니라, 말로 표현하기 어려운 감정일 것이다. 그리고 실제로 가을을 느끼면 어째서 센티멘털해지는지 나는 잘 몰랐다.

"옛날에는 화장실 방향제 하면 꼭 금목서 향이었어. 그래서 허름한 화장실을 떠올리며 우울해하는 사람도 있어."

"가을과 화장실을 느끼면 서글퍼지는 거야?"

점점 고개를 갸웃거리는 나를 보고 마스터가 웃음을 터트렸다.

"그리고 말이야, 내 경우지만 초등학생 때 반 친구 중에 차코라는 여자아이가 있었는데 어째선지 나한테 종종 편지를 보냈어."

"응."

"그 아이가 언제나 사용한 것이 금목서 향이 나는 펜이었거든. 당시 유행했어, 그런 유의 문구류. 캥거루와 악수해보고 싶어, 하는 귀여운 얘기를 썼지. 나도 그건 멋지다고 생각해서 호주에서라면 가능할지도 모르겠네 하고 답장했어. 그래서 같이 지도나 도감으로 호주에 관해 조사도 하고 말이야. 하지만 초등학생은 아직 어려서 각자 다른 중학교에 가며 그걸로 끝났지. 이 나이가 돼도 여전히 이 냄새를 맡으면 차코가 생각나."

"그게 가장 안타까운 이야기 아냐?"

"정말이네. 내가 호주에 흥미를 갖게 된 이유가 그거라니 뭔가 눈물 나는 얘기네. 차코가 계기가 되어 아주 좋아하는 나라가 됐지, 지금은 거기 가서 일할 정도로. 아직 캥거루와 악수를 하진 못했지만."

나와 마스터는 얼굴을 마주 보며 웃었다.

시드니에서 인테리어 일을 하는 나와, 공간 디자인 관련

일을 하는 마스터는 오래된 비즈니스 파트너이기도 하다. 시드니에서는 몇 번이나 만났지만, 이렇게 그의 모국에서 소소한 대화를 즐기는 것이 너무 기뻤다.

9월 중순에 교토 출장이 있었다. 출장 자체는 며칠이면 끝나는 일이었지만, 기왕 온 길에 휴가를 얻어서 2주 정도 머물기로 했다.

교토는 훌륭했다. 그림 그리는 걸 좋아하는 나는 스케치를 하면서 여기저기 돌아다녔다. 평등원 봉황당, 도후쿠지, 가모가와강 삼각주, 역사 깊은 시가지…… 관광과 산책을 실컷 즐기고 내일 시드니로 돌아간다.

오늘은 마스터와 하루를 느긋이 보내기로 했다. 그는 이런저런 사업을 폭넓게 하고 있다. 본가가 있는 교토, 거주하는 도쿄 외에 국내외 곳곳을 날아다닌다. 내가 교토에 있다고 하니 귀국 전에 딱 하루 일을 조절하여 시간을 만들어준 것이다.

나와 마스터는 교토 시내를 천천히 걸어다녔다. 금목서 향은 한동안 우리 뒤를 따라왔지만, 골동품 가게 모퉁이를 돌았을 즈음에야 사라졌다.

"자, 다 왔어."

세련된 초록색 건물에 도착하자 마스터가 말했다. 외관

은 아담해 보이는데 들어가 보니 안길이가 상당히 깊다. 그건 마치 마스터 자신을 표현하는 것 같았다.

마스터는 여성 스태프에게 간단히 나를 소개하고, 구석 쪽 전시 공간을 잠깐 보더니 뭔가 물었다. 일본어여서 제대로 알아듣지 못했지만, 아마 "손님들 평판은 어때?" 같은 질문이었을 것이다. 스태프의 들뜬 표정으로 반응이 좋다는 게 전해진다.

카운터 벽에는 큰 포스터가 붙어 있다. 시선을 확 끄는 트릭아트로 끝에 'Teruya'라는 사인이 있었다. 테루야. 지금 이 화랑에서는 그의 개인전이 열리고 있고, 회장에는 많은 손님이 전시 작품에 빠져 있다.

중간 정도의 벽 쪽에서 단정한 흰색 셔츠를 입은 남성이 손님과 얘기를 나누고 있다. 시원스러운 그 웃는 얼굴이 낯익었다. 테루야다. 그는 작년에 뉴욕 미술전에 참가해서 상을 받았다. 인터넷 뉴스 기사에서는 그의 작품이 얼마나 사람들에게 사랑받는지 찬양하듯 길게 썼다.

마스터는 처음부터 잘나가는 아티스트에게는 말을 걸지 않는다. 아직 세상에 별로 알려지지 않은, 대단한 재능을 갖고 있는데 묻힐 것 같은 인재를 찾아내는 능력이 굉장히 뛰어나다. 마스터가 발굴해서 활짝 꽃을 피운 화가가 몇 명이나 된다.

테루야도 그중 한 사람이다. 이 화랑의 그룹전에 출품한 것을 시작으로 많은 언론에 소개되며 발표하는 장이 늘어나 일약 유명해졌다. 여기서 개인전을 여는 것은 그에게 '귀향' 같은 것이리라.

"대단해. 늘 생각하지만, 마스터는 어떻게 재능을 알아보는 거야?"

회장을 둘러보면서 묻자, 마스터는 담담하게 대답했다.

"간단해. 기술적으로 잘하나 못하나가 아니라 얼마만큼 그리고 싶은 것이 많은가를 보는 거지."

그리고 테루야를 지그시 바라보면서 이렇게 말했다.

"내가 안목만은 확실하지."

만족스러운 미소. 자기가 무대에서 칭찬받는 일에는 흥미 없고, 발굴하는 것, 불을 붙이는 것, 그 사람이 세상에 인정받게 하는 것이 정말로 자랑스럽고 기쁜 것 같다.

"테루야는 나중에 천천히 소개해줄게. 2층은 미팅 공간이니까 커피라도 마시자."

마스터의 제안에 엘리베이터를 탔다. 2층은 몇 개의 파티션으로 칸막이가 되어 있고, 기품 있는 테이블과 의자가 제각각 놓여 있었다. 제일 구석의 창가까지 가서 나를 앉히고 마스터는 "잠깐만 기다려." 하고 돌아갔다.

바로 옆 벽에 내가 그린 커다란 그림이 특등석처럼 턱

하니 자리잡고 있었다.

　내가 웨딩 파티를 했던 시드니 보타닉 가든을 그린 아크릴화다. 아내인 아쓰코는 일본인으로 번역 일을 한다. 이번 교토 출장에 같이 오자고 했지만, 일정이 맞지 않아서 유감스러워했다.

　생각해보면 마스터가 세상에 내보낸 것은 아티스트뿐만이 아니다. 아쓰코가 오랜 세월 꿈이었던 번역가로서의 길을 개척한 것은 이 웨딩 파티에서 마스터를 만나게 된 것이 계기였다. 마스터가 소개해준 출판사에서 하청 일을 받아서 시작하다 조금씩 큰 건도 맡게 됐고, 과감하게 아동문학서를 기획하여 첫 번역본을 간행하게 됐다. 지금은 많은 문학 작품을 번역하고 있고, 가끔 학교에서 강의도 한다.

　마스터가 커피를 올린 쟁반을 들고 왔다.

　"아쓰코 씨도 교토에 왔더라면 좋았을 텐데."

　테이블에 컵을 내려놓으면서 말하는 그에게 나는 대답했다.

　"응. 하지만 일이 바쁜 건 정말로 감사한 거라고 했어. 번역가가 되기 위해 10대 때부터 계속 공모전에 도전했지만, 줄곧 떨어졌다니까. 이렇게 생각지도 못한 형태로 번역가가 되고, 예상도 못한 경험을 해서 정말로 즐겁대. 마스터 덕분이라고 늘 감사하고 있어."

마스터는 "그거 다행이네." 하고 미소 지으며 커피를 한 모금 마셨다.

"희망하고 상상했던 것을 손에 넣었다고 해서 그것만으로는 꿈이 이루어졌다고 할 수 없어. 그런 식으로 점점 자기 예상을 넘은 전개가 되고, 그걸 제대로 내 것으로 만들어야 비로소 꿈이 실현된 게 아닐까."

그럴지도 모른다.

나는 끄덕이며 입으로 컵을 가져갔다. 맛있다. 과연 커피숍 마스터를 할 만하다.

마스터는 테이블에서 팔짱을 끼고 즐거운 듯이 얘기했다.

"게다가 말이야, 아쓰코 씨가 번역가가 된 건 내 도움만은 아냐. 마크 덕분에 나를 만난 것이니까."

"그것도 그러네."

나는 만족스럽게 웃었다. 그렇게 생각하니 기쁘다. 나도 아쓰코의 꿈에 참가할 수 있었다니.

마스터는 몸을 앞으로 내밀고 물었다.

"두 사람은 어떻게 만난 거야?"

"아쓰코한테는 그레이스라는 중학교 시절 펜팔 친구가 있었거든. 그레이스를 만나러 시드니에 왔다가 만난 거야."

"그럼 그레이스 덕분이기도 하네. 펜팔 친구란 말 참 오랜만이다."

아쓰코는 중학생 때 영어 동아리 활동을 했다는 얘기를 한 적이 있다. 고문 선생님이 갖고 온 자매교 펜팔 모집 리스트에 그레이스의 이름이 있었다.

그렇게 말했더니 마스터는 '고문 선생님에게도 감사'라고 능청을 떨었다. 그리고 또 더 과장된 몸짓으로 두 손을 모으면서 이렇게 말했다.

"아쓰코와 그레이스의 중학교를 자매교로 맺어준 사람에게도 감사를……."

나는 폭소를 터트리며 대답했다.

"그건 아무리 그래도 누군지 모르잖아!"

마스터도 웃더니, 갑자기 진지한 표정이 됐다.

"그렇지, 모르지? 하지만 확실히 있어. 더듬어 올라가다 보면 연결되는 손이 무수히 늘어날 거야. 어느 손 하나라도 떨어졌더라면 어기까지 오지 못했어. 어떤 만남이든 얼굴도 모르는 사람들의 맥맥이 연결된 손과 손끝 덕분에 이루어진 거야."

뭔가 감동이 되어 마스터를 보았다. 그는 커피컵을 감싸듯이 양손으로 들고 천천히 말을 이었다.

"가장 멋진 것은 먼 곳에서 손을 잡은 사람들이 자기가 어딘가에서 누군가를 행복하게 해준다는 걸 전혀 모른다는 거지. 그걸로 된 거야. 자기 일에 몰두한 것이 생판 모르는 남을 움직이게 했다는 것."

나는 불현듯 얼굴도 모르는 차코가 떠올랐다.

캥거루와 악수하고 싶다고 편지를 쓴 차코. 그 소원을 나누어 가진 마스터. 거기서 처음으로 가까워진 호주.

어쩌면 차코는 나와 마스터를 이어준 최초의 손을 가진 사람일지도 모른다.

아니, 잠깐만.

마스터 식으로 말하자면, 그전에 차코와 마스터를 같은 반으로 한 사람은……. 생각하면 할수록 끝도 없고 한도 없는 얘기다.

'최초의 손'이란 건 없다.

이 세상에 태어났을 때부터 우리는 그저 한없이 계속 이어지고 있다.

모르는 누군가의 손이 이곳에 도달했다면 이 손 너머에도 역시 모르는 누군가가 분명히 있을 것이다. 나라를 넘고 시간을 넘어.

마스터 같은 '보는 눈'이 내게 있을지 어떨지는 모른다. 그래도.

"난 잡는 손만은 있어."

나는 마스터에게 오른손을 내밀었다.

마스터는 빙그레 웃으며 마찬가지로 오른손을 이쪽으로 내밀었다. 나는 악수를 하면서 예감과도 비슷한 기도를 담았다.

그의 따뜻한 손끝에 캥거루의 손도 있기를, 하고.

환상 속의 사마귀

11월/Tokyo

학교에서 돌아오는 길에 샛길로 새면 안 된다는 건 알지만, 어쩔 수 없었다.

신사 앞을 지나는데 철책 너머에 깜짝 놀랄 만큼 멋진 사마귀가 있었다. 여름에 스미다가와강 불꽃놀이를 보러 갔을 때 만난 녀석도 엄청나게 컸지만, 그것보다 더 컸다. 11월이어서 우리를 설레게 하는 곤충의 모습이 별로 눈에 띄지 않는데 특대 크기 등장이다.

유가 소리를 지르면서 신사 입구에 있는 낮은 계단을 올라갔다. 나도 흥분해서 뒤를 쫓아갔다. "사마귀는 그냥 내버려둬옷." 하면서 루루도 따라왔다. 우리는 유치원 때부터 친구다.

철책 바로 앞에는 진달래가 있어서 그 크디큰 사마귀는

가지를 붙잡고 있었던 것 같다. 하지만 우리가 머리를 맞대고 아무리 찾아도 그 반짝거리는 동그란 눈알도 날카롭고 뾰족한 앞다리도 보이지 않았다.

"어디로 갔을까. 다쿠미도 봤지?"

유가 허리를 구부리며 가지를 바스락바스락 흔들었다. 나도 분명히 보았지만, 그 당당한 초록색 몸은 환상처럼 사라졌다.

루루는 신사 안을 둘러보며 의기양양하게 말했다

"나, 저번 토요일에 여기서 시치고산(아이들 성장을 축하하는 행사로 남자는 3세·5세, 여자는 3세·7세 되는 해 11월 15일에 신사에 가서 참배함-옮긴이) 했어."

나도 다섯 살 때, 아빠와 엄마와 함께 이 신사에서 시치고산을 했다. 하카마라고 하는 치마처럼 넓은 바지를 입고. 그때 우연히 같은 옷을 입은 유를 만나서 엄마가 스마트폰으로 두 사람 사진을 찍어주었다. 유도 다쿠미도 멋지네 하고, 몇 장이고 몇 장이고.

나는 루루에게 물었다.

"여자아이들은 초등학생이 돼도 시치고산 해?"

"응. 세 살과 일곱 살 때 두 번 해. 예쁜 빨간색 기모노 입고 머리도 예쁘게 올리고. 그래서 머리 길렀어."

머리를 올린다는 건 뭘까. 루루에게 물어보려고 하는데

유가 얼굴을 들지 않고 내게 말했다.

"그거 넓적배사마귀였지?"

나는 고개를 가로저었다.

"아냐, 왕사마귀야, 분명히."

그 말을 듣고 유는 이해가 가지 않는 얼굴로 또 진달래를 들여다보았다. 심드렁해하던 루루가 내 책가방에 시선을 멈추었다.

"다쿠미 도시락 주머니 귀엽다."

루루는 내 책가방 옆에 달린 주머니를 가리켰다. 급식 때 책상에 까는 매트와 입을 닦는 작은 수건이 들어 있는 그것은 각자 갖고 온다. 지난주에 식탁에 놓아둔 도시락 주머니에 실수로 포도 주스를 쏟아서 얼룩이 빠지지 않아 새로 바꾼 것이다.

하늘색 바탕에 내가 좋아하는 비행기 와펜. 그 뒤에 흰색 실로 수를 놓은 비행기구름 한 가닥. 나도 무척 마음에 들었다.

"응. 하나에 씨가 만들어줬어."

우리 집에서는 엄마가 회사에 가서 일하고, 아빠는 집에서 그림을 그린다. 내가 태어났을 때부터 밥을 해주고 청소와 빨래를 하는 사람은 아빠 쪽이었다.

하지만 1년 정도 전부터 아빠에게 출장이 잦아졌다. 아빠 그림이 먼 도시에 전시되어 많은 사람이 그걸 보러 온다. 나는 영어 같은 건 전혀 못하지만, 그림 한구석에 쓴 'Teruya'가 아빠 이름 '테루야'라는 건 안다. 아빠 그림은 사람들에게 인기가 많아서 일과 관련된 사람들을 만나기도 하고, 강연 좀 해주세요, 하고 초청받기도 해서 아빠가 집에 없는 날이 많아졌다.

그래서 하나에 씨가 우리 집에 오게 됐다.

아빠도 엄마도 바쁠 때면 하나에 씨가 나와 함께 밥을 먹어주고 놀아주고 숙제를 봐주기도 한다. 손재주가 좋아서 도시락 주머니도 "집에 남은 천이 있어서." 하고 만들어 주었다.

"하나에 씨? 아, 수영 교실에 가끔 같이 오는 사람?"

"응."

그렇다. 초등학교에 들어간 뒤로 다니기 시작한 수영 교실에도 데려다준 적이 있다. 루루도 그곳에 다녀서 몇 번 만났다. 인사만 하고, 제대로 말을 나눈 적은 없지만.

하나에 씨는 우리 엄마보다 훨씬 나이가 많고 할머니보다 훨씬 나이가 적다. 한참 전에, 난 고등학생 아들이 있단다, 라고 한 적이 있다.

"하나에 씨는 누구야? 친척?"

루루는 언제나 질문뿐이다. 나는 제대로 대답하지 못해

서 머리가 아프다.

어어, 시터인가. 아빠가 처음에 그렇게 설명해준 것 같다. 하지만 그 후로 줄곧 '하나에 씨'라고 불러서 내게 하나에 씨는 그냥 하나에 씨다.

나는 우물거리면서 대답했다.

"친척은 아니……지만."

"친척도 가족도 아닌데 안아줘?"

안아줘?

바로 알아듣지 못했지만, 잠시 생각하다 떠올렸다. 지난주 수영 교실 때 얘기다.

수영은 싫지 않지만, 잘하지도 않는다. 크롤 호흡법이 뜻대로 되지 않아서 나는 한참 고생했다. 그래서 연습을 엄청, 엄청 많이 했다. 간신히 요령을 파악하고 지난주에 처음으로 25미터를 헤엄쳐서 기뻤다.

그날 수업이 끝나고 옷을 갈아입자마자 하나에 씨가 다다닥 달려와서 나를 꼭 껴안으며 말했다.

"잘했어, 다쿠미. 정말로 장하다."

하나에 씨는 싱글벙글 웃으면서 눈물을 주룩주룩 흘렸다. 견학실 창문으로 나를 줄곧 보고 있었던 모양이다.

그날 밤, 아빠보다 일찍 돌아온 엄마에게 하나에 씨가 손짓 발짓을 섞어가며 내가 수영하는 모습을 얘기해주었다. 그리고 또 싱글벙글 웃으면서 눈물을 글썽거리자, 엄마까지 따라 울어서 나는 쑥스러우면서도 기뻤다.

하나에 씨는 친척도 가족도 아니긴 하다. 그날도 엄마와 함께 차를 마신 뒤, 자기 집으로 돌아갔다.

루루가 말한 그것을 '안기'라고 하는지는 모르겠지만, 유치원 때 만난 뒤로 하나에 씨가 꼭 안아주는 것도, 같이 이불 덮고 자는 것도 나는 조금도 이상하게 생각하지 않았다.

하지만 의아해하는 루루의 얼굴을 보니 뭔가 갑자기 불안한 기분이 들었다. 그거 이상한 일인가. 나는 아무 말도 하지 못하고 고개를 돌렸다.

그때 자박자박 흙 밟는 소리가 나더니 파란 기모노 같은 옷을 입은 아저씨가 우리한테로 다가왔다. 손에는 대나무 빗자루를 들고 있다.

"앗, 궁사(宮詞: 신사의 최고 책임자-옮긴이)님이다!"

유가 달려갔다. 그러고 보니 유는 엄마와 함께 이 신사에 자주 온다고 했다. 나도 시치고산 때나 하쓰모데 때 본 적이 있다. 궁사님은 자상하게 웃는 얼굴로 우리를 향했다.

"아이고, 아이고. 진달래에 무슨 일 있었습니까?"

"대박 큰 사마귀가 있었어요."

"오, 사마귀. 11월이 됐는데 아직도 있군요."

루루가 고개를 움츠리며 말했다.

"근데 잘못 봤을지도 몰라요. 아무리 찾아도 보이지 않는대요."

"있었어, 나도 다쿠미도 봤다고."

유는 부루퉁해서 또 진달래 가지 사이를 이리저리 젖혀 보았다. 그리고 갑자기 '아앗!' 하고 소리쳤다.

"있어?"

나도 유의 손 쪽으로 고개를 들이밀었다.

"아니, 사마귀는 없는데, 봐봐."

유가 검지로 가리키는 끝에 가지에 붙은 연한 갈색 덩어리가 있었다. 사마귀의 알이다.

"너희가 본 사마귀가 지금 이 알을 낳은 거야?"

과연 루루도 눈을 동그랗게 떴다. 유는 알에서 얼굴을 돌리지 않고 열기 어린 목소리로 대답했다.

"마른 걸 보니까 한참 전인 것 같아. 금방 낳은 알은 더 부드러워."

"그럼 엄마 사마귀가 알이 걱정돼서 보러 온 거구나."

루루가 양손을 뺨에 댔다. 유는 으음, 하고 고개를 갸웃거렸다.

"그런 일이 있을까? 사마귀는 알을 낳으면 어딘가로 가 버리잖아."

"그러니? 그럼 누가 키워?"

깜짝 놀란 목소리로 루루가 말해서 우리 세 사람은 얼굴을 마주 보며 입을 다물었다.

알에서 태어난 사마귀 아기 옆에는 아빠도 엄마도 없다. 뭔가 갑자기 슬픈 기분이 들었다.

궁사님이 바로 옆에 스윽 구부리고 앉았다. 그리고 다정하게 이렇게 말했다.

"모두 함께 키우는 겁니다."

궁사님의 자상한 얼굴이 우리와 같은 높이에 있었다.

루루가 제일 먼저 질문했다.

"모두라면 누구?"

약간 젠체하며 궁사님이 웃었다.

"모두가 모두지요."

나는 열심히 생각했다. 새끼 사마귀를 키우는 것은 대체 누구지?

단어를 하나씩 끊듯이 궁사님은 정중하게 얘기를 계속했다.

"새끼 사마귀도 저기에 있는 진달래도, 그리고 여러분도 마찬가지입니다. 살아 있는 것은 모두 하나같이 어머니, 아버지뿐만 아니라 모두 함께 키워서 성장하는 것입니다."

궁사님은 쭈그리고 앉은 채 하늘을 올려다보았다. 가슴 속에 뭉글뭉글 뭔가가 떠올라서 나는 주위를 스윽 둘러보았다.

해. 구름. 바람.

나무. 풀. 꽃. 새. 벌레……

"나도 그렇습니다, 아직도 모두가 키워주고 있습니다. 모두란 물론 여러분도입니다."

유가 예에엣 하고 놀랐다.

"나도 궁사님을 키운다고요?"

"그렇습니다."

"뭐가 뭔지 모르겠네."

머리에 주먹을 올리면서 유가 눈을 빙글빙글 돌렸다. 궁사님은 일어서서 유쾌한 듯이 몸을 흔들며 웃었다.

궁사님이 한 말은 어렵고 아리송했다. 하지만 뭔지 모르게, 뭔지 모르겠지만, 내가 언제나 느끼는 것과 비슷하다고 생각했다.

하나에 씨가 와주어서 아빠가 그림을 더 많이 그리며 즐거워하는 것, 일로 피곤한 엄마가 아주 평온한 얼굴로 하나에 씨와 얘기하는 것. 나는 그것이 정말 기쁘다는 것.

그래서 하나에 씨한테 꼭 안기는 것이나 그것을 기뻐하

는 내 마음은 역시 조금도 이상한 게 아니라고 믿을 수 있
을 것 같다.

　나는 심호흡을 하고 한 번 더 주위를 둘러보았다.
　나를 키워준 것은.

　해. 구름. 바람.
　나무. 풀. 꽃. 새. 벌레…….

　아빠, 엄마, 하나에 씨.
　할머니, 할아버지.
　유, 루루, 궁사님.
　학교 선생님, 반 친구들, 수영 교실 코치 선생님…….

　셀 수 없을 만큼 많이 있다.
　나를 이곳에 불러준 환상의 사마귀도, 모두, 모두.

12

길일

창밖을 보니 해 질 녘 거리에 눈발이 날리고 있었다.

가게 앞에 세워둔 크리스마스트리의 불빛이 반짝거리
며 세밑을 알린다.

12월에 들어선 뒤 더 바빠졌다. 고마운 일이다, 열심히
해야지.

나는 기모노 매무새를 반듯하게 다듬었다.

노포 차 도매상 후쿠이도 도쿄 지점. 오피스가의 빌딩 1층
에 있는 작은 로드 숍이다.

"늘 사는 그것, 주세요."

말차 50그램짜리 통을 들어 보이며 단골손님인 아사미
씨가 말했다. 근처의 광고회사에서 일하는 커리어우먼이

다. 프레젠테이션을 하고 돌아가는 길, 회사에 들어가기 전에 들른 것 같다.

"마음에 드셨던 것 같아서 기쁩니다."

나는 인사를 하고 카운터로 들어갔다. 마주 선 아사미 씨가 말했다.

"깃페이 씨가 가르쳐준 말차 셰이크에 완전히 빠져서요. 회사 직원들에게도 호평이에요."

"네, 아사미 씨한테 들었다고 몇 분 와주셨습니다."

텀블러에 말차와 물을 넣고 흔들기만 하면 되는 간단한 음료 법이다. 뜨거운 물로 따뜻하게 마셔도 좋다. 아사미 씨는 지갑을 꺼내면서 말했다.

"그 정도라면 귀차니스트인 저도 할 수 있고, 미용에도 좋고 최고예요. 깃페이 씨, 꿀 넣어도 맛있다고 했잖아요. 다쿠미에게 해주었더니 너무 좋아하며 마시더라고요."

다쿠미는 아사미 씨의 아들로 아마 여덟 살일 거다. 초등학생도 말차를 가볍게 마셔주다니 찻집의 영광이다.

"감사합니다."

나는 계산을 마치자, 아사미 씨에게 꾸러미를 건네고 정중하게 인사를 했다. 이런 식으로 손님이 기뻐해줄 때마다 마음이 뿌듯하다. 나 나름대로 차의 장점을 잘 전했구나 싶어서 기쁘다.

이제 곧 올해가 끝난다. 지금까지의 인생에서 가장 진한 1년이었다.

가만히 옷깃에 손을 댄다. 품속에 소중한 것이 들어 있다. 개업하는 날부터 무슨 일이 있을 때마다 나를 격려해주고 붙들어주던 '부적'이다. 모르는 것, 처음 만나는 것투성이인 세계에서 몇 번이나 도움을 받았다.

나는 철이 들었을 때부터 주어진 환경 속에서 보내는 것밖에 생각하지 않았다. 보이는 풍경도 나 자신도 별로 달라지지 않는 채 세월이 흐를 줄 알았다.

그날, 반쯤 열린 문으로 그녀가 들어오기 전까지는.

* * *

"도쿄 지점은 깃페이 너한테 맡기기로 했다."

아버지가 그렇게 밀했을 때의 경익은 말로 표현할 수 없다. 딱 1년 전, 어수선한 연말에 갑작스럽게.

교토에서 200년 전부터 가게를 해오고 있는 후쿠이도는 제조부터 판매까지 전부 하는 차 도매상이다. 이 집에서 외동아들로 태어난 나는 장래 이 가게를 이어받아 교토에서 줄곧 살 거라는 사실을 단 한 번도 의심한 적이 없다.

도쿄 지점은 4월 오픈이 정해져 있었고, 그 건은 직원인 도요시마 씨가 진행을 맡았다. 도요시마 씨는 아버지가 가장 신뢰하는 40대 남성이다. 너무나 충격적인 전개에 핏기가 가시는 걸 느끼면서 나는 좀처럼 내지 않는 큰소리로 말했다.

"지점을요? 왜 제가 도쿄에 가야 해요? 도요시마 씨는요?"

잇따라 질문하는 내게 아버지는 단호히 "도요시마한테는 도요시마의 인생이 있다." 하고 말했다.

도요시마 씨의 부인이 임신한 것이다. 그때까지 아이가 생기지 않아서 포기하고 있던 부부에게 뜻밖에 찾아온 행복이었다. 그래서 낯선 지역에 가는 것은 아내에게 부담이 되니 임신 중에도 출산 후에도 익숙한 교토에서 가족이 함께 지내고 싶다고 청했다고 한다.

"경사스러운 일이다. 축복할 일이야."

경사스럽다. 그건 확실히 경사스러운 일이다. 하지만.

잠깐만, 내게도 내 인생이 있다.

교토를 떠나다니, 한 번도 생각한 적이 없다. 솔직히 말하자면 차 도매상에 그리 열의는 없지만, 싫지는 않은 정도로 관여하고 있었다. 학교 성적이 별로 좋지 않아도 뭐 어떻게 될 거로 생각했고, 대학도 어디든 나오기만 하면 되니까 적당히 골랐고, 취업 활동도 필요하지 않았다. 이대로 특별한 문제 없이 평온하게 지내면 그걸로 됐다.

그런데 서른 살이 지나 새삼스럽게 새로운 일을 시작하다니, 거의 공포일 수밖에 없다. 나는 어수선하고 부산한 미지의 도쿄에서 점장을 할 만한 인물이 아니다.

"마침 설에 도쿄에서 차 협회 모임이 있다. 너, 나 대신 출석하고 와."

다짜고짜 떨어진 아버지의 지령에 나는 저항하지 못했다. 거절할 만큼 설득력 있는 이유를 찾지 못했기 때문이다.

도쿄에는 가족처럼 친하게 지내는 지인이 있었다.

교토 화랑 주인으로 도쿄에서는 디자인 관계 외에 찻집 운영 등, 다양한 사업을 하는 아저씨다. 모두 그를 마스터라고 부른다.

모임은 일요일 오후였다. 그 일주일 전에 새해 인사차 전화를 한 마스터는 "모임 마치고 저녁 같이 먹자." 하고 초대해주었다. 아버지가 밑밥을 뿌린 것 같다. 이러니저러니 하셔도 아버님은 깃페이가 걱정이신 거야, 하고 그는 웃었다.

모임 날은 호텔에서 1박을 하고 다음 날 아침 교토로 돌아갈 생각이었지만, 마스터가 이런 제안을 했다.

월요일에 그가 경영하는 '마블 카페'가 정기휴일이니까 잠깐 재미있는 일을 해보지 않겠냐는 것이다. 딱 하루만 하는 '말차 카페'. 그렇게 내키는 얘기는 아니었지만, 좋네요, 하고 말았다. 그러자 마스터는 바로 후쿠이도와도 친한 '하시노야'에 연락해서 도쿄에 사는 딸인 미츠를 통해 화과자까지 준비했다.

가게 정기휴일, 선전도 하지 않은 그 이벤트에 손님은 거의 오지 않았다. 단 한 커플, 30대 후반의 부부가 우연히 지나는 길이었다며 와서 조용히 대화를 나누다 갔을 뿐이다.

오랜만에 만난 미츠도 일이 있다고 간 뒤 내가 기지개를 켜고 있을 때였다.

마스터가 불쑥 자리에서 일어났다.

그리고 입구까지 걸어가서 문을 조금 열더니 누군가와 얘기를 했다. 좀 전까지 카운터에 바깥쪽과 등을 지고 앉아 있었으면서 용케 알아차리네 하고 감탄했다. 그는 그런 신기한 안테나 같은 것을 갖고 있다. 얘기를 마친 마스터가 이쪽을 향했다. 그때.

반쯤 열린 문으로 여성 손님이 한 명 들어왔다.

빨간 체크 머플러에 묻힌 하얗고 조그마한 얼굴에는 까만 눈동자가 촉촉했다. 바깥이 추운 것이다. 코가 연한 분홍색이다.

…………귀엽네.

솔직히 그렇게 생각했다. 귀여웠다.

나는 여자 사람과 얘기를 잘 못한다. 특히 젊은 사람과는. 잘 못한다고 할까, 너무 부끄럽다. 절대로 눈을 마주치지 못한다. 옛날부터 여자아이들이 얼굴을 말똥말똥 보거나 가볍게 말을 걸기라도 하면 어떻게 해야 좋을지 몰라서 이내 퉁명스러워졌다. 그래서 늘 듣는다. 차갑다, 재수없다, 무섭다 등등. 무서운 얼굴인 건 선천적이다. 내 탓이 아니다.

그런 경험을 되풀이해온 탓에 기껏 다가와주어도 '어차피 재수없는 놈이라고 생각하겠지' 하면서 방어 태세를 하고 퉁명스러운 대응을 하게 된다. 호의를 가지면 가질수록 잘 표현하지 못하는 나는 이내 차였다.

그래서 이제 내가 먼저 엮이기를 포기했다. 아무리 친해지고 싶은 마음이 있어도 이런 성격이라 별수가 없다. 교토 본점에는 젊은 여성 손님이 오는 일이 좀처럼 없어서 편했지만, 도쿄에서는 약간의 각오가 필요할지도 모른다.

"어서 오세요."

나는 물컵을 테이블에 놓았다. 두꺼운 종이로 만든 간이 메뉴판을 그녀에게 건넸다. 메뉴는 진한 말차와 연한 말차밖에 없다. 둘 다 화과자를 곁들인다.

이것뿐이에요? 하고 당혹스러운 목소리로 말해서 나는 "예"라고밖에 대답하지 못했다. 그 이상 물으면 안 되는데, 라고 생각하고 있는데 그녀가 갑자기 얼굴을 들었다.

"그럼 진한 말차로."

맙소사. 너무 갑작스러워서 무심코 눈이 마주쳐버렸다. 맹렬한 부끄러움이 끓어올랐다. 나는 얼른 얼굴을 돌리고 "진한 말차요." 하고 복창하면서 서둘러 카운터로 돌아갔다.

뭘 당황하는 거야, 나는. 앞으로 만날 일도 없는 하루뿐인 이벤트에 온 손님에게.

자기혐오에 시달리면서 카운터 안에서 차를 끓였다. 아니, 그녀는 '진한 말차'를 주문해서 끓이는 게 아니라 '타는' 것이다.

일반적인 연한 말차가 아니라 쓴맛 나는 진한 말차를 고른 걸 보니 대단한 애호가인지도 모른다. 아니면 차를 모르는 걸까. 한모란을 곁들여서 진한 말차를 쟁반에 받쳐서 들고 갔다. 마스터와 가볍게 대화를 나누는 그녀는 몸이 따뜻해졌는지 표정이 부드러워졌다.

그러나 찻잔에 입을 댄 순간, 푸헵 하고 얼굴을 일그러뜨렸다. 애호가가 아니라 역시 진한 말차를 마셔본 적이 없었던 것 같다. 익숙하지 않은 사람들은 받아들이기 어려운 맛이다.

맛이 없다고 클레임을 걸려나, 하고 잠깐 생각했다. 아니면 그대로 남기거나.

뜨거운 물을 더 부어드릴까요, 하고 말을 걸려다 그만두었다. 과감히 도전하는 그녀의 모습을 보니 너무 멋없는 짓 같았다.

그때 카운터 끝에 있던 내 스마트폰이 울렸다. 아버지에게 온 전화였다. 연말에 폴더폰에서 바꾼 참이라 어떻게 받는지 모르고 있자, 그녀가 방법을 가르쳐주었다. 덕분에 간신히 전화를 받았지만, 부끄러움보다 어색함이 가득해졌다.

스마트폰은 정말로 사용하기 어려웠다. 크기도 큰 데다 화면에 직접 터치하는 게 아무래도 불편하다. 걸핏하면 업데이트가 어쩌고저쩌고하며 성가시게 굴고, 시키는 대로 하고 나면 애플리케이션 상태가 더 나빠지기도 한다. 마스터에게 투덜거리며 불평하고 있는데, 그녀가 내게 시선을 보냈다.

"스마트폰은 원래 처음부터 끝까지 미완성이에요."

깜짝 놀랐다.

처음부터 끝까지 미완성. 기계가 아니라 사람 같다고 직감적으로 생각했다. 스마트폰 다루는 일을 하고 있다는 그녀는 열띤 설명을 했다.

스마트폰 계는 항상 움직이고 있다는 것. 점점 변화해가는 환경에 적응하기 위해 스마트폰도 조금씩 마이너체인지할 필요가 있다는 것. 업데이트하여 불편해지는 일도 있긴 하지만, 그런 실패를 거듭하며 개량된다는 것…….

"그대로의 모습으로 새로운 일에 도전하기도 하고, 할 수 있는 일이 많아지기도 한다는 건 굉장히 멋진 일이라고 생각해요."

눈이 반짝반짝했다. 그녀는 스마트폰을 향한 사랑을 얘기하고 있을 뿐인데, 그런 건 알고 있는데, 왠지 내게 하는 말처럼 느껴졌다.

아버지가 내게 맞지 않는 무모한 일을 떠맡긴 탓에 나는 줄곧 부루퉁해 있었다. 나는 이런 성격이라 이제 와서 바꿀 수 없다고, 고집스럽게 생각했다. 하지만 변화해가는 환경 속에서 조금씩 마이너체인지는 필요한 것이라고, 그렇게 하면 할 수 있는 일이 훨씬 많아진다고 격려받는 기분이었다. 그녀의 일에 대한 자세도 감동이었다. 나는 가게나 차에 관해 그런 애정을 한 자락도 느낀 적이 없다. 그 사실이 갑자기 부끄러워졌다.

"……연한 말차, 마시겠습니까?"

나는 거의 무의식적으로 그렇게 말하고 있었다. 감사의 뜻이기도 했고 그녀를 조금 더 붙들어두고 싶었을지도 모른다.

마스터의 참견으로 그녀 앞에서 차를 탔다. 어릴 때부터 누구보다 많이 해온 일이다. 내가 남에게 가르칠 수 있는 것은 이것뿐이었다.

가볍게 대화를 나누면서 저절로 미소가 흘렀다. 얘기하며 그녀의 얼굴을 슬쩍 보기도 하여 나도 깜짝 놀랐다. 평소에는 노골적으로 드러나는 부끄러움이 촉감 좋은 천에 싸인 것 같았다. 기뻤다. 설령 단 한 번뿐인 만남일지라도.

2월에 들어서서 나는 내가 살 집을 정하기 위해 다시 상경했다.

마스터가 가게 인테리어를 상담해주겠다고 해서 부동산을 돌고 난 뒤 마블 카페에서 만나기로 했다.

약속한 오후 4시, 나는 마블 카페를 찾았다.

마스터의 모습은 없었다. 허리에 앞치마를 두른 청년이 "어서 오십시오" 하고 미소를 지어주었다. 마스터가 얘기한 고용 점장인 와타루일 것이다. 접객업의 모델로 본받고 싶을 정도로 청량감이 넘쳤다.

한산한 가게에는 마침 노부부가 계산하는 참이었다. 카운터 옆 계산대에서 와타루가 응대하고 있다.

구석 창가 석에 누군가가 앉았던 흔적이 있다. 마침 자리를 비웠는지 테이블에는 컵과 책이 놓여 있다.

의자 등받이에 머플러가 걸려 있는 것을 보고 나도 모르게 걸어갔다.

이것은······.

그 '말차 카페'의 날, 진한 말차를 주문한 그녀가 떠올랐다. 빨간 체크 머플러. 흔한 무늬다. 넓디넓은 도쿄에서 수많은 사람 중에 이런 우연이 그리 흔한 건 아니다. 하지만 이곳은 그녀와 만난 마블 카페다.

심장이 빠르게 뛰었다. 설마.

머뭇머뭇 옆자리 테이블 석에 앉자, 노부부의 계산을 마친 와타루가 물컵을 올린 쟁반을 들고 다가왔다. 나는 따뜻한 커피를 주문하고 이 자리 손님이 나타나기를 두근거리며 기다렸다. 손에 땀이 나서 나도 모르게 주먹을 꽉 쥐고 있다.

문이 열렸다.

밤색 긴 머리의 여성이었다. 손에는 스마트폰을 들고 있다. 아마 밖에서 전화를 하고 돌아온 것이리라. 그리고 와타루와 눈을 마주치고 잠시 서로 미소 지었다. 단골손님인 듯한 그녀는 망설임 없이 내 옆자리 창가 석에 앉았다.

············뭐야. 아니잖아.

빨간 체크 머플러는 단순히 비슷한 것뿐이었다. 애초에

무늬를 그렇게 또렷이 기억하고 있다는 확신도 없었다. 저절로 한숨이 나오고, 그녀가 아니란 것에 이렇게 실망하는 자신을 발견하고 동요했다. 구멍이 뻥 뚫린 것 같은 이 감정은 대체 뭐지.

여성이 이상하다는 듯이 나를 보았다. 내가 머플러를 물끄러미 보고 있었던 탓일 게다. 이거야말로 변태 같네. 황급히 변명했다.

"죄송합니다. 아는 사람 머플러와 비슷해서 혹시 그 사람인가 하고 있던 참이라."

아아, 하고 여성은 부드럽게 웃었다.

나이는 나와 별로 차이가 나지 않을 것 같고, 컵 안에 든 것은 코코아 같다. 예쁜 밤색 머리다.

"그런 멋진 우연도 일어날 때는 일어나니까요."

그렇게 말하면서 밤색 머리 씨는 토트백에서 편지 세트를 꺼냈다.

내가 주문한 커피가 나왔다. 테이블에 내려놓기만 했는데 그윽한 향기가 피어올라 나는 그제야 한숨을 돌렸다.

"……인연이 있으려나, 생각했는데."

혼잣말인지 밤색 씨에게 말을 걸고 싶었는지 나도 잘 모르겠다. 어느 쪽이든 상관없었다. 여성에게 약한 나답지 않은 행위였지만, 도쿄라는 도시가 그렇게 만들었는지도 모른다. 밤색 씨가 온화하게 말했다.

"만나고 싶었군요, 그분과."

그 말에 움찔 놀랐다.

그런가, 그랬구나. 격렬하게 소리를 내는 심장, 땀이 고인 손. 몸이 내게 전하는 것은 그런 것이었다. 이런 기분이 든 적이 없어서 잘 몰랐다.

밤색 씨 쪽을 다시 보니 그녀는 얇은 편지지에 만년필로 편지를 쓰고 있는 것 같았다.

감색 잉크의 매끄러운 필기체가 슬쩍 보인다. 영어다. 국제우편인가. 멋있네.

"전요, 10년 이상 이렇게 한 친구하고 펜팔을 하고 있어요. 편지가 든 상자가 몇 개나 되는지 몰라요. 친구에게도 그만큼 있을 거예요."

"10년 이상이나요? 대단하시네요."

갑자기 신상 얘기를 하는 밤색 씨에게 나는 조금 당혹스러워하면서 맞장구를 쳤다. 그녀는 쓰던 종이를 넘기며 그 아래 새하얀 편지지를 한 장 뗐다.

"하지만요, 한 장 한 장은 이렇게 얇아요."

그 얇은 국제우편 편지지를 그녀는 물끄러미 바라보았다.

"인연이란 사실 아주 여린 거예요. 어느 쪽인가가 한 번이라도 거칠게 다루면 어이없이 찢어질 정도로. 나누는 말한마디 한마디와 잠깐이라도 얼굴을 마주하는 시간과 상대에 대한 배려와……마음을 전하는 일을 계속해가야 하는 거죠. 이렇게 멀리 떨어진, 국적도 모국어도 다른 우리를 오랜 세월 이어준 것은 이 한 장 한 장 쌓인 편지라고 생각해요."

초롱초롱한 밤색 씨의 눈동자가 나를 바라보았다. 나는 엉겁결에 시선을 돌리면서 가르침을 갈구하듯이 물었다.

"그 최초의 한 장을 발견하지 못할 때에는…… 어떻게 하면 좋을까요?"

요컨대 또 만나고 싶은 사람이 어디에 있는지 모를 때에는. 말을 나눌 기회조차 없을 때는.

밤색 씨는 긴 속눈썹을 깜박거리더니, 빙그레 웃으며 대답했다.

"그 사람에게 자랑할 수 있는 사람으로 있으면 언제든 만날 수 있다고 믿어요."

그때 말차 카페에서 그녀는 내가 내어준 연한 말차를 맛있게 마셔주었다. 그 평온한 표정을 떠올리니 뚜껑이 열리듯이 처음으로 가슴에서 끓어오르는 뜨거운 것이 있었다.

사람들이 맛있게 마셔줄 차를, 그 한때를 제공하고 싶다.

어쩌면 나도 할 수 있을지 모른다. 새로운 장소에서야말로 할 수 있는 일이 있을지 모른다. 그런 생각이 강하게 들었다.

그렇게 생각하니 개점까지 나의 과제가 산더미 같았다.
한 번 더 '차'에 관해 제대로 공부할 필요가 있었고, 접객도 경영도, 설명하고 계산만 할 줄 알면 그걸로 됐다고 생각했던 나는 점장으로서 완전히 꽝이었다.
도요시마 씨에게 비결을 전수해달라고 정식으로 청하자, 그는 조금 놀라더니 "뭔가 기쁘네요." 하고 얼굴이 환해졌다. 왠지 늘 내게 거리를 두는 것 같았는데. ……그게 아니었다. 지금까지 내가 누구에게도 다가가지 않았을 뿐이란 걸 그제야 깨달았다.
도요시마 씨는 이따금 아내의 상태며 뱃속 아기 얘기를 해주었다. 입덧이 겨우 끝났다, 아들이더라, 등등. 도요시마 씨의 아기가 이 타이밍에 생기지 않았더라면 전혀 관계없는 내 인생도 달라졌겠지, 그렇게 생각하니 신기한 기분이 들었다.
축복을 받은 것은 내 쪽일지도 모른다. 뭔가 큰 존재로부터.
가게의 외관과 인테리어는 대부분 도요시마 씨가 진행해주었다. 본점을 그대로 축소한 듯한 스타일이다.

그러나 점포의 면적이 훨씬 좁아진 데다 주위 분위기도 전혀 다르다. 단골이 많은 본점과 달리 도쿄에서는 후쿠이도를 처음 알게 된 사람도 많을 것이다.

격식을 차려야 한다고 생각하기 쉬운 일본 차 가게에서 어떻게 손님을 모을지는 큰 과제라고 도요시마 씨는 말했다.

찻잔을 들고 미간을 모은 채 생각하다 문득, 말차 카페에서 연한 말차 탈 때가 떠올랐다. 'M자를 쓰듯이'라고 설명했더니 그녀는 이렇게 말했지.

……알파벳을 몰랐던 시절에는 뭐라고 설명했을까요? 센 리큐 같은 사람은.

그 표정을 떠올리면 마음이 푸근해진다. 센 리큐라니.

'M자를 쓰듯이'라는 것은 말차를 탈 때의 전달 방식으로 잘 사용하는 표현이다. 그게 가장 이해하기 쉬워서일 것이다. 하지만 알파벳이 일본에 들어와서 누구나 아는 시대에 생긴 말이긴 하다.

차의 세계도 이런 식으로 '업데이트'해가는 거구나……. 달라져가는 사람들의 생활에 맞추어.

숙연한 마음으로 찻잔을 보다가 문득 생각났다.

현대인의 생활에 맞는 판매법을 연구하여 더 격식 없게 일본 차를 즐기게 하면 어떨까.

바쁘게 일하는 사람들이 매일 지나다니는 오피스가의

아담한 가게. 그렇다면 엄숙한 화(和)의 분위기를 중시하는 교토 본점과는 취향을 다르게 해, 밝고 단순한 구조와 인테리어로 꾸미면 사람들이 들어오기 쉽지 않을까.

고급품도 존중하면서 평소 마시기 쉬운 차로 다양한 음료 법을 적극적으로 공략하여…… 귀엽고 아기자기한 다기나 일본 차에도 어울리는 양과자를 진열해도 괜찮겠는걸. 일상에 어울리는 동양식과 서양식의 절충.

당장 도요시마 씨에게 의논했더니, 그는 내 제안에 대찬성해주었다. 신이 나서 함께 기획서를 만들어 아버지에게 갖고 간 것은 바로 다음 날이었다. 잠자코 얘기를 듣던 아버지는 조용한 목소리로 단 한 마디, 이렇게 말했다.

"니 가게다. 잘해봐라."

그 후로 나는 자나 깨나 가게 준비에 매달렸다.

물론 잘되지 않는 일도 많이 있었다. 그럴 때는 그녀의 얘기를 떠올렸다. 새로운 일에 도전할 때는 불편함이 생길 수도 있다고. 실수를 거듭하며 좋아져가는 거라고. 실제로 할 수 있는 일이 하나씩 늘어가는 체감은 일찍이 맛본 적 없는 무엇과도 바꿀 수 없는 기쁨이었다.

불만과 공포밖에 없었던 이 가게에 부푸는 희망, 강해져가는 책임감.

틀림없이 나는 조금씩 마이너체인지를 되풀이하고 있

었다.

그리고 맞이한 개점 날.

여러 사람과 힘을 모아 만든 가게 안을 둘러보면서 나는 몽상했다.

언젠가.

언젠가 그녀가 이 가게를 발견하고…… 어쩌면 우연히 와줄지도 모른다.

그 길일까지 내가 그녀에게 제대로 자랑할 수 있는 나로 있을 수 있기를.

개점 시간 10시.

몇 명의 스태프와 가볍게 미팅하고 '준비 중' 팻말을 내렸다.

긴장했다. 하지만 키가 크는 듯한 고양감도 있었다. 그 고양감이 지금의 내게는 조금 기분 좋았다.

덜컥, 하고 입구에서 소리가 났다. 이렇게 빨리 역사적인 첫 번째 손님이 오다니.

나는 그쪽으로 몸을 돌렸다. 그리고 다음 순간, 숨을 삼켰다.

반쯤 열린 문으로 수줍게 들여다보는 까만 눈동자.

그녀였다.

나는 입을 멍하니 벌린 채 서 있었다. 그녀는 가게 안으로 살며시 들어왔다.

내가 처음에 해야 할 말은 단 한 마디였다. 그녀에게 닿도록, 배 속에서부터 쥐어짜냈다.

"어서 오십시오."

잘 왔어요, 어서 와요. 나는 당신을--------.

기다리고 있었어요.

"기다리고 있었어요."

내 마음의 소리에 딱 포개지듯이 그녀가 그렇게 말했다.

기다리고 있었어요? 그건 내 쪽일 텐데?

놀라서 멍하니 서 있는 내게로 그녀가 천천히 걸어왔다. 종이 울리듯이 가슴이 쿵쾅거렸다.

"마스터한테 후쿠이도 도쿄 지점 얘기를 들었거든요. 인터넷에서 찾아보고 이날을 줄곧 기다렸어요. 저기…… 이걸 돌려드리고 싶어서."

그녀는 꼭 쥔 손을 가만히 내 쪽으로 내밀었다.

손안에 있는 것은 그날, 울고 있던 그녀에게 건넨 내 수건이었다.

"꼭 만날 수 있을 거라고 부적처럼 갖고 있었어요."

그녀가 환하게 웃었다. 부드럽게 마비되는 감각이 온몸을 달렸다.

감색 천 귀퉁이에 흰색 실로 수를 놓은 내 이름 한 글자. 가늘고 가는 실이 한 가닥씩 수없이 모여서 모양을 만들고 있는 '길(吉)'이라는 글자. 아름답고도 여린 한 가닥 한 가닥이 모여서 이루어진 것.

우리의 첫 '한 장'을 그녀는 소중히 간직하고 있어주었다. 그리고 이런 식으로 제대로 이어주었다.

다음은 내 차례다.

나도 손을 내밀어 수건을 받아들었다.

"감사합니다. 앞으로는 제가 이걸 부적으로 삼겠습니다."

주머니에 수건을 넣고 나는 그녀의 눈을 똑바로 보았다.

서로의 웃는 얼굴에 탭 되어 우리의 업데이트도 지금, 시작된 것 같다.